Katrin Figge

An Tagen wie diesen

Bibliografische Information der Deutschen Nationalbibliothek: Die Deutsche Nationalbibliothek verzeichnet diese Publikation in der Deutschen Nationalbibliografie; detaillierte bibliografische Daten sind im Internet über www.dnb.de abrufbar.

© 2015 Katrin Figge
Herstellung und Verlag:
BoD – Books on Demand, Norderstedt

Umschlaggestaltung: Ronggo Laksono, Jakarta
ISBN 978-3-7347-5249-0

Für Natalia, Mama und Papa

Deutschland – Portugal (4:0)

»Wie meinst du das, du fliegst nach Singapur, um dir das Fußballspiel mit deiner Schwester anzusehen?« Mikael sieht mich entgeistert an.

»Ich meine das genau so, wie ich es sage«, antworte ich.

»Entschuldige bitte ... aber findest du das nicht ein bisschen übertrieben? Und überhaupt ... musst du nicht morgen arbeiten?«

»Ich habe meinen freien Tag getauscht«, sage ich mit einem kurzen Blick auf die Uhr. Wenn ich pünktlich zum Flughafen kommen will, muss ich bald los, denn sonst wird mir der Berufsverkehr zum Verhängnis. »Morgen Nachmittag bin ich schon wieder zurück in Jakarta.«

Mikael zuckt resigniert mit den Schultern und ich muss lächeln. Ich erwarte nicht, dass jemand meine Obsession nachvollziehen kann. Wobei Mikael als Sportchef unserer Zeitung noch am verständnisvollsten ist und ich mich eigentlich auch im richtigen Land befinde: Indonesier sind generell fußballverrückt. Leider hat es ihre eigene Nationalmannschaft nicht zur Weltmeisterschaft in Brasilien geschafft.

Deutschland hingegen spielt heute gegen Portugal. Es ist unser Eröffnungsspiel in der schwierigen Gruppe G, in der außerdem noch die USA und Ghana um den Einzug ins Achtelfinale kämpfen.

Auf dem Weg zum Flughafen setzen die üblichen Symptome ein: leicht erhöhter Herzschlag, ein Gefühl von Angst, das sich von den Haarwurzeln ausgehend bis in die Zehenspitzen schleicht, um sich dort festzusetzen, und die schreckliche Erkenntnis, dass wir es sowieso nicht schaffen werden, den Titel zu holen. Wie auch, mit all diesen Verletzungssorgen!

Ich bin müde. Die WM ist gerade mal fünf Tage alt, aber ich fühle mich, als hätte ich seit Wochen nicht mehr richtig geschlafen. Die Zeitverschiebung von Brasilien nach Indonesien ist alles andere als günstig, die meisten Spiele finden mitten in der Nacht statt. Als Fußball-Liebhaber will ich nicht nur verfolgen, wie sich das deutsche Team schlägt – das ist natürlich Pflicht –, sondern ich möchte möglichst viel von dem ganzen Turnier aufsaugen. Schließlich ist es ein Fußballfest, etwas, worauf man sehnsüchtig wartet. Wenn es dann endlich beginnt, befindet man sich vier Wochen lang in einem tranceartigen Zustand, in einer Blase, in die nichts dringen kann, es sei denn, es hat etwas mit diesem wunderbaren Sport zu tun.

Vor vier Jahren, als die WM in Südafrika stattfand, war das noch kein Problem. Da konnte ich bis zwei, drei Uhr morgens wach bleiben, Spiele sehen, und am nächsten Morgen ins Büro gehen und arbeiten. Aber mit vierunddreißig Jahren ist das eben nicht mehr so einfach. Mein Körper macht da nicht mehr mit. Er signalisiert mir relativ schnell, dass ohne meine acht Stunden Schlaf pro Nacht nicht mehr viel geht.

Da muss ich jetzt durch, denke ich, während das Taxi über den Highway von Jakarta fährt, vorbei an Wolkenkratzern und Shopping Malls. Ich werde nostalgisch, wenn ich an Südafrika denke. Es war eine fantastische WM für unsere Jungs, damals, als erst alle dachten, der Ausfall von Michael Ballack würde ein vorzeitiges Aus bedeuten. Und dann schlugen wir England und Argentinien, und taten so, als hätten wir nie etwas anderes als wundervollen offensiven Fußball gespielt. Es war eine Augenweide, ein Genuss!

Umso bitterer war das verlorene Halbfinale gegen Spanien ... Nein, lieber nicht daran denken.

Ich krame mein Handy aus der Tasche – es liegt unter meinem Schweinsteiger-Trikot begraben – und öffne Twitter, um nach neuesten Informationen rund um unsere Nationalmannschaft zu suchen.

Gibt es schon Neuigkeiten zur Aufstellung? Wird Bastian Schweinsteiger in der Startelf stehen oder nur auf der Bank sitzen? Ist Sami Khedira fit? Auf welcher Position wird Philipp Lahm spielen? Natürlich wird die endgültige Aufstellung immer erst kurz vor Spielbeginn bekannt gegeben, aber als alter Fußballprofi kann ich sehr gut zwischen den Zeilen lesen.

Die Twitter-Welt ist noch immer schockiert von der Demontage Spaniens durch den fliegenden Holländer Robin van Persie und Duracell-Bunny Arjen Robben und singt Loblieder auf Italiens Mittelfeldstar Andrea Pirlo. Das kann ich nur allzu gut nachvollziehen. Pirlo, dieser Picasso unter den Fußballspielern, der mit seinen Pässen feine Gemälde auf dem Spielfeld zeichnet – es wird wohl seine letzte WM sein und ich werde ihn vermissen.

Ich frage mich, welche anderen Weltstars bei diesem Turnier ihren letzten großen Auftritt haben werden. Didier Drogba, Steven Gerrard, Iker Casillas, Xavi Hernandez?

Und welche Spieler der deutschen Mannschaft werden wir zum letzten Mal erleben? Miroslav Klose, das ist so gut wie sicher. Aber wie sieht es mit den anderen aus? Schweinsteiger, Lahm, Mertesacker, Podolski – sie alle könnten in vier Jahren schon von jüngeren Spielern abgelöst sein.

Das ist nur gut und richtig und der normale Lauf der Dinge, aber trotzdem erfüllt es mich mit Melancholie. Die letzten Fußballer der Sommermärchen-Generation treten ab.

Mein Flug hat Verspätung. Das darf doch nicht wahr sein! Nervös gehe ich zum Schalter, an dem sich bereits eine Traube von Passagieren gebildet hat. »Wann wird die Maschine voraussichtlich abfliegen?«, frage ich den jungen Mann, als ich endlich an der Reihe bin.

»Wir rechnen mit einer Verspätung von etwa fünfundvierzig Minuten«, antwortet er.

Eine knappe Stunde – ich schwebe also noch nicht in akuter Gefahr, den Anpfiff zu verpassen. Trotzdem kann ich mich nicht entspannen und schreibe meiner Schwester Maya regelmäßig Nachrichten, um sie auf dem Laufenden zu halten.

Maya ist nicht nur meine ältere Schwester, sondern meine beste Freundin und so etwas wie eine Seelenverwandte. Wir stehen uns so nah, dass wir meistens nach nur einem kurzen Blick wissen, was die andere denkt, und in bestimmten Situationen reagieren wir oft gleichzeitig – mit Worten und Gestik. Viele halten uns für Zwillinge, obwohl drei Jahre zwischen uns liegen.

»Keine Sorge, Lara, ich bereite schon mal alles vor«, steht in Mayas SMS, und ich weiß sofort, was sie meint: Sie wird auf YouTube die Videos suchen, die wir uns immer vor wichtigen Spielen ansehen: die Zusammenfassungen des Deutschland-Argentinien Viertelfinales von 2010, in dem wir mit 4:0 als Sieger vom Platz gingen.

Es gehört zu unserem Ritual, das zu tun. Ich kann mir gar nicht ausdenken, welch schreckliches Omen es wäre, wenn wir einmal nicht genügend Zeit dafür hätten.

Warum wir uns ausgerechnet dieses Spiel ansehen? Dafür gibt es mehrere Gründe. Es war ein Viertelfinale, das Spaß gemacht hat. Die Jungs haben so frisch, fröhlich und frei gespielt, dass es einfach eine Freude war, ihnen zuzusehen. Es macht Hoffnung auf mehr.

Natürlich war es auch eine gewisse Genugtuung, Argentiniens Fußballgott und damaligen Trainer Maradona geschlagen zu sehen. Noch besser war, wie Thomas Müller ihm nach nur zweieinhalb Minuten zeigte, dass er mehr ist als der Balljunge, für den Maradona ihn vor Jahren einmal gehalten hat – Hochmut kommt eben immer noch vor dem Fall.

Doch vor allem habe ich dieses Spiel in so guter Erinnerung behalten, weil Bastian Schweinsteiger und ich in diesen neunzig Minuten den nächsten Level unserer Beziehung erreichen. Selbstverständlich kannte und mochte ich ihn schon vorher; nicht nur als die eine Hälfte des unverbesserlichen Schweinsteiger-Podolski-Duos – oder Schweinski, wie man sie auch gemeinhin nennt –, sondern als Spieler des FC Bayern.

Der FC Bayern ist mein Lieblingsverein. In Deutschland muss ich mir dazu natürlich immer einiges anhören, aber da ich in Indonesien lebe, bleibe ich eigentlich ganz unbehelligt. Dort kennt man außer dem FC Bayern und Borussia Dortmund sowieso keine Clubs aus Deutschland und beide erfreuen sich wachsender Beliebtheit.

Schweinsteiger spielt seit der Jugend bei den Bayern und gab als 19-jähriger Lausebengel sein Debüt in der Nationalmannschaft – doch als ich sah, wie er bei dem WM-Spiel 2010 gegen Argentinien das Mittelfeld kontrollierte, als das Herzstück, als Lenker und Denker der Mannschaft, wurde mir schlagartig bewusst, dass er erwachsen geworden war. Dass er bereit war für größere Aufgaben. Dass er mehr war als nur ein Spaßvogel, der seinen Mitspielern pubertäre Streiche spielt. Dass da noch was ganz Großes kommen würde.

Dieser Sieg gegen Argentinien hat vieles in mir bewirkt, was ich vielleicht erst rückblickend verstanden habe. Doch das schwarze Trikot mit der Nummer 7 und dem Namen Schweinsteiger auf dem Rücken, das kam eine Woche später mit der Post.

Das Trikot trage ich inzwischen zu allen großen Spielen der Nationalmannschaft. Vorher hatte ich eines mit der Nummer 13, aber ich glaube, das hat Unglück gebracht.

Mein größter Glücksbringer bei Fußballspielen – bei den wichtigen zumindest – ist Maya. Irgendwann habe ich erkannt, dass die deutsche Nationalmannschaft nur gewinnt, wenn meine Schwester und ich uns die Spiele gemeinsam ansehen. WM 2006, Halbfinale gegen Italien: Ich war in Berlin, sie in Singapur. Das EM-Finale zwei Jahre später sah ich in Jakarta,

Maya in Singapur. Und zum WM-Halbfinale 2010, was schon wieder gegen Spanien verloren ging, waren wir auch getrennt.

Ich kann das Ganze auch noch auf Club-Level ausweiten: Nach dem traumatischen Champions League Finale der Bayern gegen Chelsea – das fassungslose Gesicht von Schweinsteiger nach dem verschossenen Elfmeter sollte mich wochenlang in meinen Träumen heimsuchen – musste ich mir die Tränen allein trocknen.

Also beschlossen wir, unsere Theorie ein Jahr später zu testen: Als Bayern erneut im Champions League Finale stand, dieses Mal gegen Dortmund, kam Maya zu mir nach Jakarta gereist – und prompt verließen wir den Platz als Sieger.

»Wir sollten das auch zur WM machen«, schlug ich Maya vor. »Vielleicht hilft es uns ja, den Titel zu gewinnen. Und wenn die Jungs doch verlieren sollten, dann können wir uns danach wenigstens gegenseitig trösten.«

Zum Glück sind Singapur und Jakarta nur anderthalb Flugstunden voneinander entfernt, und dank der vielen Billigflieger, die inzwischen den Markt erobert haben, besuchen Maya und ich uns regelmäßig. Sehr gerne auch zu wichtigen – und eher unwichtigen – Fußballspielen.

Die erste Begegnung, Deutschland gegen Portugal, werden wir uns also in Singapur ansehen. Zum zweiten Gruppenspiel gegen Ghana wird Maya nach Jakarta kommen. Und drei Tage danach werden wir gemeinsam nach Berlin fliegen, zu unseren Eltern und in den wohlverdienten Sommerurlaub, um dort den Rest der WM zu genießen.

»Den Rückflug buchen wir auf den 14. Juli – das ist ein Tag nach dem Finale«, sagte Maya, als wir nach günstigen Flügen suchten.

In Singapur angekommen werfe ich mich ins nächste Taxi und fahre zur Wohnung meiner Schwester.

Das letzte Mal war ich vor anderthalb Wochen hier. Erschöpft vom Alltagsstress in unseren Büros mussten wir die Zähne zusammenbeißen, unserer Müdigkeit trotzen und uns bis weit nach Mitternacht wach halten, um das letzte Testspiel der Deutschen gegen Armenien anzusehen.

Als Marco Reus kurz vor der Halbzeitpause einen Schlag auf den Knöchel bekam und lange am Boden liegenblieb, bevor er schließlich vom Platz humpelte, wussten wir: Damit ist die WM für ihn gelaufen. Sein düsteres, schmerzverzerrtes Gesicht sprach Bände. Ich glaube, die Spieler selbst merken sofort, wie schwerwiegend eine Verletzung ist. Reus wird es in diesem Moment geahnt haben: Ich werde nicht mit nach Brasilien fahren. Ich gebe zu, ich habe um ihn geweint. Und das, obwohl er ein Dortmund-Spieler ist, aber in der Nationalmannschaft haben Club-Rivalitäten meiner Ansicht nach nichts verloren.

Die Verletzung von Reus überschattete Mayas und mein gemeinsames Wochenende, denn die Sorgen um das deutsche Team wurden immer größer. So viele angeschlagene Spieler! So viele, die die lange Reise nach Brasilien gar nicht erst antreten konnten!

Doch daran ist jetzt nichts mehr zu ändern. Wir müssen das Beste aus diesem Turnier machen. Wenn mir gar nichts mehr an guten Argumenten einfällt und ich in meinem Pessimismus zu versinken drohe, klammere ich mich an die Aussage, die ich eigentlich noch nie leiden konnte, die aber dennoch fest im Glauben von Fußball-Deutschland verankert ist: Wir sind eine Turniermannschaft.

Das stimmt in gewisser Hinsicht schon, nur finde ich, dass es wenig bringt, es so zu verallgemeinern. Und trotzdem – auch ich benutze diese Theorie, um mich selbst aufzubauen und nicht vollends zu verzweifeln.

Die Menschen in Singapur sind weniger fußballbegeistert als die Indonesier. Wenn man sich die WM-Spiele ansehen will, muss man einen bestimmten Fernsehsender beantragen, der natürlich eine Menge Geld kostet.

Da Maya die meiste Zeit der WM ohnehin in Deutschland verbringen wird, hat sie darauf verzichtet. Trotzdem war sie verärgert darüber, weil sie gerne auch andere Spiele gesehen hätte, sich aber nicht Nacht für Nacht in irgendwelche Kneipen zum Public Viewing schleppen will.

»Endlich geht die WM los!«, begrüßt mich meine Schwester aufgeregt, als ich ihre Wohnung betrete. Für Fragen nach anderen Dingen bleibt keine Zeit. Wen interessiert noch der Job oder das Privatleben? Alles, was jetzt zählt, ist der Fußball.

Wir sehen uns die Videos an und sinnieren darüber, ob der bis vor kurzem noch angeschlagene Schweinsteiger heute wohl in der Startelf stehen wird. Ich ziehe mein Trikot an – Maya trägt unser neues Mannschaftstrikot, das weiße, nicht das schwarz-rote, das uns beiden gar nicht gefällt –, dann machen wir uns auf den Weg in eine deutsche Kneipe.

Zum Public Viewing haben wir ein gespaltenes Verhältnis. Einerseits kann die Stimmung durchaus dazu beitragen, die Euphorie zu steigern (vorausgesetzt natürlich, die Mannschaft spielt gut und gewinnt). Man stimmt gemeinsam Fan-Gesänge an, liegt sich jubelnd in den Armen und vergräbt in brenzligen Situationen den Kopf in des Nachbarn Schultern. Andererseits hat Public Viewing auch einen negativen Beigeschmack. Es hat doch etwas überhandgenommen in den letzten Jahren, und die sogenannten Fans, die sich zu Europa- und Weltmeisterschaften eine schwarz-rot-goldene Perücke auf den Kopf setzen, die Flagge ins Gesicht malen und nach einigen Litern Bier lautstark ihre Meinung zum Besten geben – ob man sie nun danach gefragt hat oder nicht – können einem den letzten Nerv rauben.

Schlimmer ist noch, wenn die Emotionen verrücktspielen und man sich auf ein Wortgefecht mit Anhängern der gegnerischen Mannschaft einlässt. Ich halte mich ja meistens zurück, aber einmal war ich in einer Kneipe am Kudamm, um mir das Champions League Finale Mailand gegen Liverpool anzusehen. Gefühlte 99 Prozent der Zuschauer um mich herum hielten dem englischen Club die Daumen, und ich fühlte mich ganz klein. Denn selbst das Herz meines Cousins, mit dem ich unterwegs war, schlug für Liverpool. Es war ein traumatisches Erlebnis für den AC Mailand, der nach einer 3:0-Führung tatsächlich am Ende im Elfmeterschießen verlor.

Ich war traurig und teilte gerade Maya das niederschmetternde Ergebnis per SMS mit, als sich ein Engländer zu mir umdrehte und mich wüst beschimpfte: »Siehst du, du scheiß Italienerin? Du kannst nach Hause fahren! Du und dein blöder Verein! Hau doch ab, geh wieder zurück in dein verfluchtes Land. Liverpool hat gewonnen, hast du das nicht gesehen? Verschwinde!«

Ganz untypisch für mich brauste ich auf und fragte den Kerl, was ihm einfiele, so mit mir zu sprechen, mal ganz abgesehen von der Tatsache, dass ich nicht einmal eine Italienerin sei.

Mein Cousin entschärfte die Situation schließlich mit einigen beruhigenden Worten, warf mir allerdings dabei einen drohenden Blick zu, der mir wohl sagen sollte: »Wenn du dich mit diesem Typen anlegst, bin ich derjenige, der sich nachher mit ihm prügeln muss.«

Ich drehte mich auf dem Absatz um und gesellte mich zu zwei einsamen Mailand-Fans, die in der hintersten Ecke der Kneipe saßen und versuchten, ihren Kummer mit Alkohol zu ertränken. Fußball verbindet – aber manchmal, wenn die Fans ihre Fassung verlieren, tritt leider auch das genaue Gegenteil ein.

Fußball war mal eine Männerdomäne, aber das hat sich in den letzten Jahren grundlegend geändert. Und trotzdem werden Frauen, die sich für Fußball interessieren, oftmals eher skeptisch betrachtet, manchmal auch müde belächelt. Weiß sie wirklich, worum es geht? Sie ist doch sicher nur hier, weil sie Mats Hummels so gut aussehend findet und irgendwann muss man ihr doch die verfluchte Abseitsregel erklären.

Ach, wenn sie nur wüssten, wie falsch sie damit liegen. Zumindest, was Maya und mich betrifft (bis auf die Sache mit Mats Hummels, der sieht nämlich wirklich unverschämt gut aus). Wir sind devote Fußballfans. Seit zwei Jahren werden die Bundesliga-Partien samstags auch in Indonesien und Singapur live übertragen – und seit zwei Jahren hatten wir Samstagabend keine Verabredung mehr.

Der Zeitverschiebung wegen stehen wir mitten in der Nacht auf, um bei den Qualifikationsspielen der Nationalmannschaft mitzufiebern oder den FC Bayern in der Champions League zu unterstützen, gerne auch Borussia Dortmund, Schalke und Leverkusen, allerdings nur, solange es sich um die Königsklasse handelt.

Bei jedem Deutschland-Urlaub ist mindestens ein Stadionbesuch Pflicht (da unsere Eltern in Berlin wohnen, wird es meistens Hertha BSC, und auch für die alte Dame hege ich gewisse Sympathien).

Regelmäßig lesen wir unsere Fußball-Bibel, das 11 Freunde Magazin, und die sonstige Berichterstattung rund um den Sport, der die Welt bedeutet.

An jedem Wochenende steht ein Skype-Chat mit den Eltern auf dem Programm, in dem wir meistens ausschließlich über Fußball sprechen. Es ist eben mehr als nur alle vier Jahre Weltmeisterschaft. So viel mehr.

In der Kneipe in Singapur ist es bereits anderthalb Stunden vor Anpfiff so brechend voll, dass wir uns nur noch mühselig an die Bar quetschen können. Wir sind umringt von Deutschen und Singapurern, die hier die einmalige Gelegenheit haben, sich als Deutschlandfans zu bekennen. Es wird ordentlich Bier gezapft, während die Vorberichterstattung über die Leinwände flimmert. Allerdings ohne Ton, da momentan noch eine Live-Band spielt. Das ist typisch für Südostasien, und eigentlich etwas, das ich normalerweise sehr schätze, aber nicht heute. Ich will doch Fußball sehen, und nicht eine spärlich bekleidete Sängerin, die kläglich an dem Versuch scheitert, die Aufmerksamkeit der Menge mit einem Lied von Katy Perry auf sich zu ziehen.

Die Kellner bahnen sich vorsichtig einen Weg durch die Masse, jonglieren Bierkrüge in der linken und rechten Hand und haben trotzdem noch erstaunlich gute Laune. Ich hätte an ihrer Stelle schon lange aufgegeben, gerade in Singapur, wo es nicht üblich ist, Trinkgeld zu geben.

Maya öffnet auf ihrem Handy Twitter und tippt mir dann aufgeregt auf die Schulter. »Die Aufstellung ist da!« Danach kommt eine lange Pause, während sie still die Namen liest. Ich kann das nicht leiden, wenn ich nicht sofort weiß, was Sache ist, und dann an ihren Gesichtszügen ablesen muss, ob wir mit der Aufstellung zufrieden sind oder nicht.

An diesem Abend weiß ich es sofort: Wir sind nicht zufrieden. Schweinsteiger spielt nicht.

»Schweinsteiger spielt nicht«, sagt sie und ich nicke wissend. Khedira steht in der Startelf, Lahm ist im Mittelfeld aufgestellt, und unsere Abwehrreihe besteht aus vier gelernten Innenverteidigern. Ich weiß nicht so recht, was ich davon halten soll.

Ich kann nur davon ausgehen, dass Schweinsteiger noch nicht fit genug ist, um neunzig Minuten zu spielen, denn einen anderen Grund kann der Trainer ja nicht haben, ihn auf die Bank zu setzen – oder? Ich fange an, mir ein wenig Sorgen um ihn zu machen. Aber dann spreche ich mir selbst Mut zu. Joachim Löw wird schon wissen, was er tut.

Viele Deutsche haben Löw im Vorfeld des Turniers schlecht gemacht. Diese Leute meinen, dass wir mit ihm nie einen Titel gewinnen werden, weil er zu stur ist und keinen Plan B hat, wenn es mal nicht so läuft, wie er es erwartet hat. Ich finde, das ist alles Quatsch. Wo kommt nur diese Erwartungshaltung her? Selbstverständlich haben wir es verdient, endlich mal wieder Weltmeister zu werden, vor allem nach der konstant guten Leistung in den letzten Jahren. Aber dass in diesem Jahr der Titel nicht nur erhofft, sondern regelrecht erwartet und gefordert wird, kann ich nicht verstehen. Es ist ja nicht so, dass andere Länder nicht auch gute Mannschaften hätten.

Maya tätschelt mir beruhigend die Wange. »Wir schaffen das schon«, sagt sie.

Maya ist immer guter Dinge. Ich dagegen bin äußerst pessimistisch. Das habe ich von meinem Vater. Meine Mutter ist, ähnlich wie Maya, unerschütterlich in ihrem Glauben: Deutschland wird den Titel holen. Davon ist Mama vor jedem Turnier felsenfest überzeugt.

An meiner Schwester ist neben ihrem gesunden Optimismus das Gute, dass sie so etwas wie einen siebten Sinn hat. Normalerweise frage ich sie kurz vor Spielbeginn, ob sie ein gutes oder ein schlechtes Gefühl hat. Sie lag bis jetzt immer richtig.

Damals, als Deutschland das WM-Halbfinale gegen Spanien spielte, teilte sie mir mit, sie habe leider eine schlechte Vorahnung. Für mich war das Ding damit so gut wie gelaufen.

Dummerweise habe ich den Fehler gemacht, meinen Freunden von ihrer besonderen Begabung zu erzählen. Nun fragen mich vor jedem Spiel alle: »Und, Lara, was sagt das Orakel?« Ich glaube, Maya kommt mit dem Druck nicht klar. Ich habe ihr schon versprochen, dass sie sich nach dieser WM zur Ruhe setzen darf, ähnlich wie die Krake Paul damals nach Südafrika, der bis zu seinem Lebensende in seinem Heimattank in Oberhausen fröhlich seine Runden drehen durfte.

Für heute hat Maya ein gutes Gefühl. Na bitte – das müsste mir doch eigentlich reichen. Und trotzdem, trotzdem ... Wer sagt, dass nicht auch Maya sich mal irren kann? Ich finde ja ohnehin, dass wir eine relativ schwere Gruppe erwischt haben, und gerade deshalb ist es so wichtig, mit einem Sieg in dieses Turnier zu starten. Nicht nur, um den Jungs ein wenig den Druck zu nehmen, sondern auch, um meine Nerven zu beruhigen. Tut mir doch den Gefallen, ja?

Gleich geht es los. Auf einmal gibt es ein Pfeifkonzert in der Kneipe. Was ist passiert? Ach so, die Bundeskanzlerin wurde eingeblendet. Angie und die Nationalmannschaft, das ist auch eine Geschichte für sich. Damals, 2006 im eigenen Land, da war das ja noch ganz nett, wie sie auf der Tribüne saß und freudig die Arme hochriss, wenn die Deutschen trafen. Warum sie aber dem Team ständig in andere Länder hinterherreisen muss – und dann noch nicht einmal zum Finale, sondern wann es ihr am besten passt –, das soll mal einer verstehen.

»Dafür werden also unsere Steuergelder verschwendet, für Flüge nach Brasilien«, beschwert sich ein dickbäuchiger Deutscher, der hinter uns steht. Er schnaubt verächtlich und kratzt sich am Bart. »Ja, hat die Frau Kanzlerin denn nicht ein Land zu regieren? Meine Güte!«

Ich wünsche mir, dass er endlich still ist. Schließlich versuche ich zu verstehen, was die Kommentatoren zu sagen haben. Und auf einmal macht mein Herz einen kleinen Freudensprung. Da sind sie! Unsere Jungs! Im Tunnel! Manu! Mats! Per! Jerome! Toni! Mesut! Radio Müller!

Ich finde, sie sehen relativ entspannt aus. Ein gutes Zeichen? Oder reine Fahrlässigkeit? Sie werden den Gegner doch nicht unterschätzen?

Und dann kommt das nächste Pfeifkonzert. Cristiano Ronaldo. Ich warte darauf, dass er aufs Spielfeld rennt, sich theatralisch das Trikot vom Leib reißt, um seinen Astralkörper zur Schau zu stellen, damit wir alle was zu lachen haben und sich meine Anspannung ein wenig löst.

»Das macht er nur beim Aufwärmen, nicht so kurz vor Spielbeginn«, klärt Maya mich auf.

Mir war Cristiano Ronaldo eigentlich immer herzlich egal. Guter Fußballer – da braucht man nicht lange diskutieren –, aber ansonsten ein ganz schön eingebildeter Kerl; das war bislang meine Meinung von ihm. Doch dann kam das Champions League Halbfinale, Bayern München gegen Real Madrid, in dem wir zerlegt wurden. Zuhause. Ach, diese Schmach. Natürlich haben wir das Spiel völligst verdient verloren, aber dieses hämische Grinsen auf Ronaldos Gesicht, es hat mich ganz rasend gemacht. Deswegen könnte ich es einfach nicht ertragen, heute noch einmal gegen ihn zu verlieren.

Fußball war schon immer ein Teil unseres Lebens, obwohl es auch Phasen gab, in denen die Leidenschaft verblasste. Allerdings nur, um danach wieder hervorzubrechen, meist noch stärker als zuvor. Diese fußballfreien Phasen waren unseren Auslandsaufenthalten geschuldet. Wir lebten an Orten, in denen es teilweise schwierig war, dem deutschen Fußball zu folgen. In den frühen 90er-Jahren beispielsweise, als wir in Japan lebten, interessierte man sich dort noch relativ wenig für die Bundesliga, obwohl Spieler wie Pierre Littbarski, Uwe Bein und Michael Rummenigge, die in ihrem fortgeschrittenen Fußballalter von japanischen Clubs angeheuert wurden, wenigstens für einen kleinen Boom sorgten.

Die deutsche Community in Tokio ist überschaubar, alle sind miteinander bekannt. Die Kinder der Fußballprofis besuchten die deutsche Schule, ebenso wie Maya und ich. Eine meiner besten Freundinnen war die Babysitterin von Rummenigges Kindern. Und als ich einmal abends nach Hause kam, nachdem ich mit Freunden unterwegs gewesen war, saß tatsächlich Guido Buchwald in unserem Wohnzimmer und unterhielt sich blendend mit meiner Mutter. Ich schüttelte ihm artig die Hand und stellte mich vor, nur um im nächsten Moment in meinem Zimmer zu verschwinden und ganz langsam zu realisieren, dass Guido Buchwald, der Weltmeister von 1990, einer der bekanntesten deutschen Innenverteidiger der Geschichte, sich in unserem Haus aufhielt und gerade ein indonesisches Abendessen à la Mama gekostet hatte. Verrückt, einfach verrückt – ich holte tief Luft, bevor ich mich schließlich zu meinen Eltern und den Buchwalds an den Tisch gesellte.

Wann immer wir in Deutschland lebten, gehörten die Sportschau am Samstagnachmittag und das Aktuelle Sportstudio am Abend zu unserem wöchentlichen Programm, und das hat sich bis heute nicht geändert. Als ich meine Eltern vor einigen Jahren in Berlin besuchte, freute ich mich wie ein kleines Kind auf dieses Familienritual. Ich lief schnell in die Küche, um eine Tüte Kartoffelchips aus dem Schrank zu holen, als ich bemerkte, dass meine Mutter am Fenster stand und gebannt auf die Straße blickte.

»Mama, was ist los?«, fragte ich sie. »Komm, die Sportschau fängt gleich an.«

»Ich kann es nicht glauben«, antwortete meine Mutter. Mit empörtem Gesichtsausdruck drehte sie sich zu mir um. »Da gehen doch tatsächlich Leute ganz seelenruhig spazieren! Die interessieren sich einfach nicht für Fußball! Sonst würden sie doch längst vor dem Fernseher sitzen!«

Ein anderes Mal, als Mama und Papa gerade zu Besuch in Jakarta waren, begleitete mich mein Vater beim abendlichen Spaziergang mit meinem Hund Popeye. Auf dem Rückweg, keine zehn Meter von unserem Haus entfernt, wurde mein Vater von einem Motorrad angefahren und brach sich den Knöchel. Ein betrunkener Teenager ohne Führerschein, der meinte, er müsse mit 70 km/h die Straße entlangbrettern, ohne eine Ahnung zu haben, wie man die Bremse bedient. Nachdem meine Mutter und ich meinen Vater zurück ins Haus gehievt hatten und dort auf den Krankenwagen warteten, fragte ich ihn besorgt, ob ich etwas für ihn tun könne.

»Ja«, sagte er, schwach und sichtlich unter Schmerzen, während die Platzwunde über seiner linken Schläfe immer noch blutete. »Könntest du mal eben im Internet gucken, wie die Bundesligapartien heute ausgegangen sind?«

Es ist also kein Wunder, dass Maya und ich diese Liebe für den Fußball geerbt haben. Wir sind damit aufgewachsen. Wobei unsere Mutter, die aus Indonesien kommt und dann Mitte der 70er-Jahre mit meinem Vater nach Deutschland gezogen ist, bei uns Mädchen scheinbar mehr Eindruck hinterlassen hat. Unser Vater ist eingefleischter Mönchengladbach-Fan, unsere Mutter hat den FC Bayern München als ihren Lieblingsverein erkoren – seit Franz Beckenbauer, wie sie immer wieder gerne betont. Papa beschwert sich oft, dass er gegen drei Frauen, die auch noch alle Bayern-Fans sind, nicht ankommt. Er bezeichnet sich selbst gern als »Fußball-Pariah«, aber es ist zu spät, um an dieser Konstellation noch etwas zu ändern.

Die erste WM, die ich bewusst erlebte, war die in Italien, 1990. Ich erinnere mich ganz genau an den widerlichen Spuckskandal um Frank Rijkaard und Rudi Völler. Aber noch besser ist mir das Halbfinale Deutschland gegen England im Gedächtnis geblieben. Wir waren zu der Zeit gerade im Sommerurlaub in England und hatten ein kleines Ferienhaus gemietet. Als es zum Elfmeterschießen kam, konnte meine Mutter nicht hinsehen. Sie ging nach draußen, auf die Terrasse. Unser Nachbar, ein älterer englischer Herr, winkte ihr zu – auch er hatte nicht die Nerven. Ich versteckte mich hinter dem Vorhang, lugte aber immer wieder hervor. Nur Maya und mein Vater saßen noch vor dem Fernseher. Während er die Hoffnung schon aufgegeben hatte, machte Maya sich mal wieder überhaupt keine Sorgen. Der Jubel war groß, als Chris Waddle den letzten Elfer für England verschoss. Aber ich werde niemals vergessen, wie unser Nachbar, ganz der faire Sportsmann, uns beglückwünschte, das Gesicht von tiefer Enttäuschung gezeichnet. Es war der Moment, in dem mir das erste Mal klar wurde, dass Fußball für so viele Menschen mehr ist als nur ein Spiel.

In den nächsten Tagen fuhren wir in unserem Auto mit deutschem Nummernschild durch die Gegend, die Nachrichten im Hinterkopf, dass verrückte Englandfans irgendwo deutsche Wagen in Brand gesetzt hatten. Doch uns passierte nichts. Im Gegenteil, einige Tage später wurden wir Weltmeister, und Maya und ich hatten uns unwiderruflich in den Fußball verliebt.

Lothar Matthäus, Andi Brehme, Bodo Illgner, Karlheinz Riedle, Olaf Thon und natürlich Guido Buchwald – es ist schon so viele Jahre her, dass sie bei ihrer Rückkehr aus Italien von den Fans als Weltmeister gefeiert wurden, und doch sind ihre Namen für immer in die Fußballgeschichte eingegangen. Ich wünsche mir das Gleiche für diese goldene Generation um Schweinsteiger, Podolski, Mertesacker und Lahm. Ich habe sie heranwachsen sehen, ihre Entwicklung verfolgt und denke mir immer wieder, dass niemand es so sehr verdient, Weltmeister zu werden, wie diese Mannschaft.

Früher hatten wir Teams, denen ich natürlich auch immer die Daumen gedrückt habe – man ist schließlich deutsch –, aber richtige Begeisterung haben die Deutschen nie bei mir ausgelöst. Rumpelfußball ist eben nicht so schön anzusehen. Das hat sich mit der WM 2006 schlagartig geändert. Auf einmal machte es Spaß, die deutsche Nationalmannschaft anzufeuern. Die neue offensive Spielweise machte es möglich. Ich bin seither auch um einiges emotionaler, wenn es zu großen Turnieren geht, denn im Gegensatz zu den Jahren um Anfang 2000 *mag* ich unsere Spieler, finde sie sympathisch und heule Rotz und Wasser, wenn sie es mal wieder nicht schaffen, den letzten Schritt zur Vollendung zu gehen.

Kurz vor Anpfiff klammere ich mich an Mayas Arm fest, weil ich die Spannung kaum noch ertragen kann.

»Selbst wenn wir heute verlieren oder nur ein Unentschieden schaffen, heißt das doch noch lange nichts«, sagt Maya.

Ich bin entsetzt. »Was? Du hast doch gerade noch behauptet, du hast ein gutes Gefühl!«

»Lara! Ganz ruhig! Ja, ich glaube, dass wir das gewinnen, aber selbst wenn ich falsch liegen sollte ... Oh, es geht los. Die Nationalhymnen.«

Ich mag die deutsche Nationalhymne nicht sonderlich, weil sie so schwer und getragen klingt. Die italienische zum Beispiel gefällt mir, sie ist mitreißend und schwungvoll. In der Kneipe in Singapur stehen die Deutschen auf, legen ihre Hand aufs Herz und singen voller Inbrunst mit. Ich finde das sehr interessant zu beobachten: Wie es scheint, ist das Nationalgefühl unter Deutschen im Ausland stärker ausgeprägt als im Land selbst. Vielleicht liegt es daran, dass die Menschen so weit entfernt von der Heimat so ihre Verbundenheit zeigen wollen.

Hinter uns fängt jemand an zu meckern – schon wieder der Deutsche mit dem Bierbauch, der zwischen seinen Schimpftiraden ausgiebig mit einer asiatischen Schönheit am Nachbartisch flirtet. »Boateng und Özil singen schon wieder nicht mit!«, ruft er.

Na und, denke ich, diese Diskussion ist doch schon sowas von durchgekaut. Wen interessiert das schon, Hauptsache, sie spielen gut und sorgen dafür, dass Ronaldo nicht zum Zug kommt.

Ich erinnere mich an absurde Artikel, die ich vor geraumer Zeit gelesen habe, in denen es darum ging, wie deutsch unsere Nationalmannschaft wirklich ist. Mir geht so etwas recht nah, denn schließlich bin ich selbst halb deutsch, halb indonesisch, in Frankfurt geboren, zum Teil in Deutschland aufgewachsen – und trotzdem ein Produkt der zunehmenden Globalisierung.

Als ich mit 18 nach fünf Jahren in Tokio zum Studium nach Bonn zog, war das für mich ein umgekehrter Kulturschock. Es fiel mir schwer, mich wieder einzugewöhnen, Deutschland als Heimat anzuerkennen und zu mögen. Maya ging es nicht anders. Wir lebten zusammen in Bonn, teilten uns eine Wohnung und studierten sogar das Gleiche. Ich glaube nicht, dass ich es ohne ihren Rückhalt geschafft hätte.

Natürlich kann man aus ganz unterschiedlichen Gründen Lieblingsspieler in der Nationalmannschaft haben: Vereinstreue, Spielstil oder Sympathie. Aber aufgrund meiner eigenen Geschichte nehmen für mich vor allem die Khediras, Özils, Boatengs, Kloses, Podolskis und Mustafis einen ganz besonderen Platz im Team ein.

Nun beginnt also auch für die Deutschen die WM. Es tut mir ein wenig weh, Schweinsteiger auf der Bank sitzen zu sehen, aber natürlich geht es hier um mehr als den Einsatz eines einzelnen Spielers. Zumindest finde ich es tröstlich, dass er sich in unmittelbaren Nähe von Lukas Podolski befindet.

Als das langersehnte und zugleich gefürchtete Auftaktspiel der Deutschen in diesem Turnier angepfiffen wird, ergeht es mir wie immer: Ich starre nervös auf die Leinwand, kaue abwechselnd auf meiner Unterlippe und an meinen Fingernägeln und versuche, Tendenzen durch einen Schleierblick zu erkennen.

Manchmal kann ich mich nach einem intensiven Spiel kaum noch erinnern, wie es eigentlich gelaufen ist, und setze mich deswegen einige Tage später noch einmal vor den Fernseher, um die Wiederholung in Ruhe anzusehen – ohne das Herzrasen und die weichen Knie.

Aber jetzt stehe ich in Singapur in einer Kneipe, Maya an meiner Seite, ansonsten nur Fremde, die aber alle die gleiche Hoffnung haben: Deutschland soll mit einem Sieg in dieses Turnier starten.

Ungläubig schütteln wir die Köpfe, als Philipp Lahm – heute mal wieder im Mittelfeld – den Ball verliert und die Portugiesen so zu ihrer ersten Chance kommen lässt. Doch wir haben ja immer noch Manuel Neuer im Tor. Auch wenn er mich mit seinen gelegentlichen Ausflügen an den Spielfeldrand oder zur Mittellinie regelmäßig in Angst und Schrecken versetzt, weiß ich, was wir an ihm haben. Neuer gegen Ronaldo – dieses Duell hat unser deutscher Schlussmann in der Champions League bei dem elenden 0:4 zwar verloren, aber erstens waren die Gegentore nicht seine Schuld und zweitens ist das momentan alles vergessen, denn er pariert hervorragend.

Kurze Zeit später vergibt Sami Khedira eine riesige Chance und es herrscht großer Frust in der Kneipe.

Vielleicht waren diese zwei Situationen eine Art Weckruf für die deutsche Mannschaft, denn nur wenige Minuten danach wird Mario Götze im Strafraum zu Fall gebracht. Elfmeter!

Thomas Müller schnappt sich den Ball und ich bemerke eine wundervolle Wandlung meines Gemütszustands: Ich werde ruhig.

Die Deutschen hatten mal den Ruf, die besten Elfmeterschützen der Welt zu sein, doch in den letzten Jahren musste ich mit Entsetzen feststellen, dass immer häufiger Spieler nicht nervenstark genug waren, zu verwandeln. Aber der Thomas Müller, der ist so lässig, wie man nur sein kann, und während er Anlauf nimmt, weiß ich ganz sicher: Das ist die Führung.

Wir liegen uns in den Armen, sind begeistert, erleichtert, siegessicher. Fremde werden zu Freunden, und selbst die Bedienung hat das Bierzapfen vorläufig eingestellt und jubelt.

So kann es weitergehen, denke ich, und genauso kommt es auch. In der 32. Minute fällt das nächste Tor für Deutschland. Mats Hummels köpft nach einer Ecke von Toni Kroos den Ball ins Netz, kraftvoll, aus kurzer Distanz – unhaltbar. Meine Reaktion ist ähnlich wie die von Mats: zunächst ungläubig, dann glücklich. Und während ich mich zum zweiten Mal in die Arme meiner Schwester werfe, rennt Mats zur Ersatzbank und lässt sich feiern. Dieses Bild stimmt mich ganz rührselig, denn es scheint, als ob die Stimmung im Team in diesem Jahr wirklich gut ist.

Wir haben kaum Zeit, uns wieder zu beruhigen, da folgt die nächste Sensation. Pepe, der portugiesische Abwehrspieler, den ich zuerst gar nicht erkannt habe, weil er anstatt kurz geschorener Haare auf einmal lustige kleine Löckchen auf dem Kopf hat, ist in ein Gerangel mit Thomas Müller verwickelt. Der Schiedsrichter zögert nicht und zeigt ihm die rote Karte.

Ich bin verwirrt, muss die Wiederholung abwarten und sehe folgende Szene: Müller ist Pepe auf den Fersen, er ist drauf und dran, ihm den Ball abzunehmen. Da fährt Pepe seinen rechten Arm aus und trifft Müller mit der Hand im Gesicht. Müller geht zu Boden und reibt sich die Wange. Gerade, als ich sagen will, dafür kann es doch nicht Rot geben, beobachte ich die Fortsetzung dieser Auseinandersetzung. Pepe findet offenbar, dass Müller wahnsinnig übertrieben reagiert und entschließt sich, ihm das auch genau so mitzuteilen. Vielleicht hätte er einen besseren Weg finden sollen, das zu tun, als die angedeutete Kopfnuss, die er ihm dann verpasst. Das war ganz schön unüberlegt, um nicht zu sagen, total dämlich. Müller will sich das nicht gefallen lassen, springt auf, und die beiden brüllen sich an. Ich frage mich in solchen Momenten manchmal, was für eine Sprache sie dabei sprechen. Müller schreit auf Deutsch, Pepe auf Portugiesisch? Das kann ja nun gar nicht zur Konfliktlösung beitragen.

Bevor es zu einer Rudelbildung kommen kann, hat Kroos seinen Mannschaftskameraden schon einmal vorsichtshalber zur Seite befördert, und Pepe lacht den Schiedsrichter aus, bevor er endgültig vom Platz stapft. Khedira klopft ihm noch beruhigend auf die Schulter, und ich bin schon wieder verwirrt, bis mir einfällt, dass die beiden bei Real Madrid Teamkollegen sind. Doch das ist Pepe im Moment wahrscheinlich auch herzlich egal.

Puh, was eine Aufregung! Maya und ich werfen uns einen vielsagenden Blick zu, und ich weiß, was sie denkt. Die Rote Karte ging in Ordnung. Nichts ist schlimmer als in Überzahl zu gewinnen, nachdem jemand von der gegnerischen Mannschaft unberechtigt vom Platz geflogen ist. Das ist Fußball, sagen dann immer viele, aber es hinterlässt doch einen bitteren Nachgeschmack. Außerdem steht es schon 2:0, das ist auch wichtig für die Diskussionen, die nach dem Spiel sicher folgen werden.

Als Thomas Müller dann in der Nachspielzeit der ersten Hälfte auf 3:0 erhöht, bin selbst ich Pessimistin hoffnungsvoll gestimmt, dass wir das Spiel gewinnen. Natürlich tauchen auf einmal Bilder in meinem Kopf auf, diese schreckliche 4:0 Führung gegen Schweden, damals in Berlin, die schließlich in einem 4:4 Unentschieden endete. Aber ich bin mir sicher, dass auch die Spieler das nicht vergessen haben, vielleicht sogar auch daran denken, und jetzt nicht überheblich werden.

Und richtig, von Überheblichkeit sieht man in der zweiten Halbzeit nichts. Müller, der passend zum WM-Beginn wieder in Topform ist, macht sein drittes Tor und Deutschland führt 4:0.

Von Ronaldo ist schon lange nichts mehr zu sehen. Soll er mir jetzt leidtun? Selbst ein so guter Fußballer wie er kann ein Team in Unterzahl nicht allein tragen und hätte sich nichts vorzuwerfen. Und doch merke ich, wie ich insgeheim darauf warte, dass er bei der nächsten Gelegenheit anfängt zu weinen, wie man es eben schon so oft bei ihm erlebt hat.

In der 85. Minute bekommt Portugal einen Freistoß. Ronaldo legt sich den Ball zurecht, stapft breitbeinig rückwärts, fixiert das Tor, macht einige tänzelnde Schritte und läuft dann los. Vielleicht bereitet er doch noch einen Ehrentreffer vor, um den Platz nicht völlig geschlagen, sondern mit Hoffnung auf bessere Zeiten zu verlassen und der Welt zu zeigen, dass er nicht umsonst den Titel »Weltfußballer des Jahres« trägt. Ronaldo schießt – und der Ball prallt an der deutschen Mauer ab. Diese Mauer besteht aus einer einzigen Person, und zwar aus Philipp Lahm, einem unserer kleinsten Spieler. Es ist eine beachtliche Leistung, aus dieser Entfernung so genau sein linkes Schienbein zu treffen. Ich bin beeindruckt, das muss ihm erst einmal jemand nachmachen. Ronaldo spielt weiter, als ob nichts geschehen wäre, obwohl er sich wahrscheinlich wünscht, dass der Erdboden ihn verschlucken möge. Um uns herum fangen alle an zu lachen. Philipp Lahm, die unüberwindbare und scheinbar sicherste Ein-Mann-Mauer der Welt. Was für ein Witz.

Vor einigen Jahren noch konnte ich die portugiesische Mannschaft wahnsinnig gut leiden, als sie mit Luis Figo, Rui Costa, Deco, Nuno Gomes und Vitor Baia zahlreiche gute Fußballer in ihren Reihen hatte. Jetzt aber haben sie nur noch Ronaldo, der noch nie das Potenzial hatte, mein Lieblingsspieler zu werden. Mein gutes Verhältnis zu Portugal ist seither sehr abgekühlt.

Als schon längst alles vorbei ist, sitzen Maya und ich draußen auf der Kneipenterrasse. Einige Fans sind noch am Feiern, aber da es in Singapur bereits früher Morgen ist, und die meisten am nächsten Tag wohl wieder ins Büro müssen, ist es in der Kneipe schnell leer geworden.

Maya und ich sind nach Fußballspielen immer noch sehr aufgedreht und müssen erst einmal runterkommen. Wir lächeln verklärt, rauchen eine Zigarette, freuen uns wie zwei Kleinkinder zu Weihnachten, die strahlend ihre Geschenke unter dem geschmückten Baum erblicken, wissen aber auch, dass dies nicht mehr als der erste – zugegebenermaßen sehr wichtige – Schritt auf dem langen Weg zum Finale war, denn schon in fünf Tagen geht es weiter.

Am nächsten Abend sitze ich bereits wieder zu Hause in Jakarta, habe Halsschmerzen und die schreckliche Befürchtung, dass ich krank werde. Am Morgen schleppe ich mich in die Redaktion und merke, dass ich leichtes Fieber habe. Jede Bewegung ist anstrengend. Mein Chef schickt mich wieder nach Hause und versichert mir, dass der Kulturteil der Zeitung auch einen Tag ohne mich überstehen wird, wenn nötig auch zwei oder drei.

Ich schäme mich ein wenig, denn alle meine Kollegen wissen, dass ich wegen der WM momentan unter akutem Schlafmangel leide und mir, wenn eben möglich, jedes Spiel ansehe, egal ob es um zwei Uhr nachts oder fünf Uhr morgens stattfindet. Mein körperliches Unwohlsein habe ich selbst verschuldet, und trotzdem habe ich es gern getan. Es gibt einfach Dinge, die oberste Priorität haben.

Ich fahre also nach Hause, lege mich ins Bett, nehme Schmerz- und Vitamintabletten ein und schlafe. In meinen Wachphasen suche ich im Internet nach der deutschen Berichterstattung. Sie ist so, wie Maya und ich es erwartet haben. Zu euphorisch. Ich habe mich ja auch über den Sieg gegen Portugal gefreut, kann aber nicht nachvollziehen, dass nun wieder jeder meint, der Pokal sei so gut wie gewonnen.

Das 4:0 war verdient, aber auch glücklich in der Entstehung. Es waren wichtige drei Punkte, aber noch nicht einmal das Minimalziel, der Einzug ins Achtelfinale, ist damit garantiert.

Manuel Neuer zum Beispiel hat das ganz richtig erkannt und sofort nach dem Spiel angemerkt, dass der Sieg auf gar keinen Fall überbewertet werden darf.

»Ich finde, dass wir mit der Art und Weise nur teilweise zufrieden sein können«, hat er im Interview gesagt. »Es war nicht alles perfekt. Aber das hilft uns. Wir hatten nach dem Spiel ein paar Punkte, an denen wir im Training ansetzen können.«

Ich telefoniere mit meinen Eltern, und auch Papa ermahnt uns zur Vorsicht – das muss er mir doch nicht sagen!

»Stell dir mal vor, Deutschland verliert die nächsten beiden Spiele, dann seid ihr bei uns in Berlin, und die WM ist schon gelaufen. Zumindest für unsere Nationalmannschaft«, bemerkt er und lacht dann über seine eigene Aussage. Aber ich weiß, dass er tief im Innern trotzdem Angst hat, dass dieses grauenvolle Szenario tatsächlich wahr werden könnte.

»Ach was«, schaltet sich Mama mit einem verächtlichen Schnauben ein und behilft sich mit Statistiken. »Deutschland ist bei einer WM noch nie in der Gruppenphase ausgeschieden.«

»Einmal ist immer das erste Mal«, entgegnet mein Vater, und meine gute Stimmung ist damit gänzlich verflogen.

»Selbst wenn«, versuche ich mich wieder heiter zu stimmen. »Dann machen wir uns eben ein paar schöne Wochen in Berlin, von mir aus auch ohne Fußball.« Und insgeheim füge ich hinzu: Oh bitte, lieber Fußballgott, lass es nicht so sein!

Maya und ich hatten lange ein merkwürdiges Verhältnis zu unserem Heimatland. Das liegt hauptsächlich daran, dass wir viele Jahre als sogenannte »Third Culture Kids« im Ausland aufgewachsen sind. Als wir das erste Mal nach Tokio zogen, war ich gerade mal zwei Jahre alt. An vieles kann ich mich so gut wie gar nicht erinnern, anderes ist bis heute in meinem Gedächtnis verankert, als hätte ich es erst gestern erlebt. Unser Haus zum Beispiel, das in der Nähe eines kleinen Sees lag, an dem man sich Ruderboote mieten konnte. Die Schneewittchen-Aufführung im deutschen Kindergarten, in der ich mangels anderer Mädchen mit schwarzen Haaren die Hauptrolle spielen und mir meinen Prinzen selber aussuchen durfte (anstelle eines Jungen wählte ich dafür meine beste Freundin aus). Mein erstes Flötenkonzert, nach dem ich von Mama und

Papa ein rotes Schmuckkästchen geschenkt bekam, das Musik spielte, wenn man es öffnete. Mein erster richtiger Streit mit Maya, die mir mitteilte, ich sähe aus wie ein Schwein, nachdem Mama mir die Haare geschnitten hatte, und der ich daraufhin wutentbrannt einen Tritt in den Hintern gab, der sie die Treppe hinunterstürzte – glücklicherweise kam sie ohne körperlichen Schaden davon, und während Mama und Papa noch mit mir schimpften, hatte sie mir längst verziehen.

Als wir vier Jahre später wieder nach Deutschland zogen, in ein kleines Dorf in der Nähe von Frankfurt, hatte ich Tokio in guter Erinnerung; besonders die Freundlichkeit der Menschen und ihre ruhige, höfliche Art.

Zurück in der Heimat kam ich relativ gut zurecht. Wir lebten direkt neben einem Bauernhof, zu dem zwei Pferde gehörten, Schwalbe und Scarlett, für die ich oft Zuckerrüben vom Feld klaute. In unmittelbarer Nähe befand sich die Tennisanlage, auf der ich viele Stunden verbrachte, meist auf dem Platz, aber genauso gern auch im Klubhaus, wo wir mit anderen Kindern Karten spielten.

Nach vier Jahren brachen wir wieder unsere Zelte ab und zogen in eine Kleinstadt im Sauerland. Mit neun Jahren hatte ich die Grundschule gerade beendet und kam nun in die fünfte Klasse. Die meisten meiner Mitschüler kannten sich untereinander und ich fühlte mich fremd.

Ich bin nicht gerade eine Person, die problemlos auf andere zugeht und schnell neue Freunde gewinnt, eigentlich ist eher das Gegenteil der Fall. Es dauert eine Weile, bis ich meine Scheu überwinde. Je älter ich wurde, desto besser kam ich damit zurecht und ab einem gewissen Punkt konnte ich die Schüchternheit überspielen. Doch damals, mit neun Jahren, war ich davon noch weit entfernt.

Während sich meine Klassenkameraden in den großen Pausen in Grüppchen auf dem Schulhof verteilten, blieb ich meist allein. Es war Maya, die sich um mich kümmerte, mich – obwohl drei Klassen über mir – ihren Freunden vorstellte und mich dazu ermunterte, mich meinen Mitschülern einfach anzuschließen.

Ich habe das nie vergessen. In seinem Leben lernt man viele neue Menschen kennen. Manche werden zu guten Freunden, andere verschwinden irgendwann wieder und sind nur noch blasse Erinnerungen an eine längst vergangene Zeit. Aber eine Schwester, die bleibt für immer. Und wenn man dann noch so eine wunderbare hat wie Maya, kann man sich wirklich glücklich schätzen.

Im Sauerland blieben wir wieder vier Jahre, bevor unsere Eltern uns an einem Sonntagmorgen beim Frühstück mitteilten, dass ein neuer Umzug bevorstand. Dieses Mal traf es uns hart, denn wir hatten nicht damit gerechnet. Unsere Eltern hatten erst vor kurzem das Haus gekauft, in dem wir wohnten, und sich auch ein neues Auto angeschafft. Alles deutete darauf hin, dass wir dieses Mal sesshaft werden würden, und selbst Papa hatte diese erneute Wende nicht vorhergesehen.

Ich schmierte mir gerade ein Nutellabrötchen, als Maya unsere Eltern fragte, wann wir eigentlich unser neues Auto bekommen würden. Mama und Papa warfen sich einen vielsagenden Blick zu, bevor schließlich unsere Mutter seufzte: »Ach ja, unser neues Auto...«

Maya und ich stutzten. »Wie meinst du das jetzt?«

»Darüber werden wir uns auch nicht lange freuen können.«

»Wieso?« Noch immer kapierten wir nicht, was sie uns eigentlich damit sagen wollte.

»Kinder, wir ziehen in diesem Sommer nach Japan.«

Wir waren pubertierende Teenager, Maya hatte einen festen Freund und wir konnten uns nichts Schlimmeres vorstellen, als Deutschland zu verlassen und nach Tokio zurückzugehen, trotz der schönen Erinnerungen, die uns noch immer mit Japan verbanden. Es war unvorstellbar, auf die andere Seite der Welt zu ziehen, und doch führte kein Weg daran vorbei. All die bittern Tränen, die wir vergossen, bereiteten Mama und Papa zwar ein furchtbar schlechtes Gewissen, aber unsere Koffer packen mussten wir am Ende natürlich trotzdem.

Als ich mich von meinen Freunden verabschiedete, tat ich dies mit dem Versprechen, eines Tages zurückzukehren – denn, wie heißt es so schön in dem Lied, das bei jedem Schützenfest gespielt wird: *Sauerland, mein Herz schlägt für das Sauerland, begrab' mich mal am Lennestrand, wo die Misthaufen qualmen, da gibt's keine Palmen.*

Ich habe selber fest daran geglaubt, denn damals wusste ich noch nicht, wie sehr meine Zeit in Tokio mich verändern sollte.

Obwohl mir Tokio in gewisser Hinsicht noch vertraut war, fiel es mir wieder nicht leicht, mich einzugewöhnen. Meine neuen Mitschüler hießen mich willkommen (an einer deutschen Auslandsschule herrscht ein so großes Kommen und Gehen, dass neue Klassenkameraden etwas ganz Alltägliches sind), trotzdem vermisste ich Deutschland anfangs sehr und schrieb seitenlange Briefe nach Hause. Es dauerte mehrere Wochen, bis ich mir den Namen unserer Bahnstation merken konnte und noch länger, bis ich begriffen hatte, dass der Expresszug dort nicht hielt, so dass ich immer wieder fluchend auf das gegenüberliegende Gleis laufen und eine Station zurückfahren musste.

Über die nächsten fünf Jahre aber sollte Tokio mir immer mehr ans Herz wachsen und ich begann, die Stadt für ihre Einzigartigkeit zu lieben.

Irgendwann empfand ich es als normal, dass der Getränkeautomat mir einen schönen Tag wünschte, quetschte mich morgens zur »Rush Hour« mit Japanern in die Bahn und verbrachte meine Wochenenden in Shibuya und Harajuku, das schon damals die Hochburg für Cosplay und sonstige irrwitzige Verkleidungen war. Selbst Erdbeben konnten mich irgendwann nicht mehr aus der Ruhe bringen. Ich liebte es, in den frühen Morgenstunden nach einer feucht-fröhlichen Nacht in den Bars von Roppongi im Seven Eleven Snacks zu kaufen, den Meiji-Tempel zu besuchen und seine meditative Stille auf mich wirken zu lassen oder mir völlig verrückte Fernsehshows anzusehen, ohne wirklich zu verstehen, was darin eigentlich vor sich ging. Oft lief ich einfach durch die Straßen Tokios, ohne ein bestimmtes Ziel zu haben, und freute mich darüber, in dieser wunderbar seltsamen Stadt gelandet zu sein.

Ein erster Einschnitt in meiner sonst so glücklichen Tokiozeit kam, als Maya nach drei Jahren in Japan Abitur machte und zum Studium nach Deutschland zurückging. Es war fast so, als wäre der Sonnenschein aus meinem Leben verschwunden. Sechzehn Jahre lang war meine große Schwester stets an meiner Seite gewesen, und auf einmal lebten wir nicht mehr unter demselben Dach.

Doch wir spielten Schicksal, und als ich ihr nach meinem eigenen Abitur nach Bonn folgte, waren wir wieder vereint. In der gleichen Wohnung, im gleichen Studiengang. Es hätte eine schöne Rückkehr nach Deutschland werden können, aber ich hatte nicht damit gerechnet, dass ich mir in der eigenen Heimat wie eine Fremde vorkommen würde.

Bonn war niedlich und nett, aber mir fiel oft die Decke auf den Kopf. Es war klein, auf Dauer gähnend langweilig – und vor allem war es nicht Tokio. Ich konnte nicht aufhören, Vergleiche zu ziehen: Die Menschen in Japan sind grundsätzlich hilfsbereiter als hier; das Sushi in Deutschland ist vollkommen übertreuert und schmeckt nicht annähernd so gut wie in dem kleinen Restaurant in Jiyugaoka und die Kneipen in Bonn sind bei weitem nicht so aufregend wie die in Tokio.

Ich weiß, ich habe es Deutschland nicht gerade leicht gemacht. Trotzdem musste ich mich arrangieren und zeitweise fand ich auch Gefallen an Bonn, mein Studium der Südostasienwissenschaften zumindest machte mir viel Spaß.

Doch so richtig warm wurde ich mit der Stadt nie und ich war von Rastlosigkeit erfüllt. An den Wochenenden fuhr ich so oft es ging in andere Städte, um Freunde oder meine Oma zu besuchen, und meine Semesterferien wurden so geplant, dass sie mich vom ersten bis zum letzten Tag von Bonn fernhielten – Hauptsache weg! Kaum hielt ich mein Diplom in den Händen, wusste ich, dass ich weiterziehen musste.

Maya war zu diesem Zeitpunkt bereits nach Singapur gezogen. Und auch ich verspürte Fernweh, wollte diese innere Unruhe zum Verstummen bringen und bewarb mich auf einige Master-Studiengänge. Im Endeffekt hatte ich die Wahl zwischen London und Berlin und obwohl ich mich danach sehnte, ein neues Land kennenzulernen, entschloss ich mich dazu, Kulturjournalismus in der Hauptstadt zu studieren. Mein Bauchgefühl sagte mir, dass dies der richtige Schritt sei.

Eine weise Entscheidung, wie sich später herausstellen sollte. Berlin brachte mich Deutschland wieder ein großes Stück näher. Es ist eine aufregende und spannende Stadt, die ich sofort ins Herz schloss; außerdem lebte ich nun zum ersten Mal nach langer Zeit wieder in der gleichen Stadt wie meine Eltern, was mir bei dem vorsichtigen Versuch half, den Begriff »Heimat« neu für mich zu definieren.

Als ich im Sommer 2006 in Berlin die WM im eigenen Land hautnah miterlebte, wusste ich zum ersten Mal mit Gewissheit, dass ich meine deutsche Identität zumindest teilweise wieder zurückgewonnen hatte.

Deutschland war im Fußballfieber, es herrschte eine Euphorie, die ich in dieser Form noch nie erlebt hatte. Selbst unsere Professoren an der Uni sahen ein, dass diesem Ausnahmezustand mit langweiligen Vorlesungen nichts entgegenzusetzen war, und schoben Fernseher in den Seminarraum, damit wir zusammen Fußball sehen konnten.

Deutschland schaffte es zwar nicht, das Turnier zu gewinnen, aber es war dennoch etwas ganz Besonders passiert: Die Menschen waren näher zusammengerückt, und ich befand mich mittendrin, wie ein staunendes Kind.

Als wir das Spiel um Platz drei in Stuttgart gewannen – ebenfalls gegen Portugal – und die Jungs aus der Nationalmannschaft mit ihren Bronzemedaillen um den Hals das spektakuläre Feuerwerk am Himmel betrachteten, als Oliver Kahn erklärte, dies sei sein letztes Spiel für Deutschland gewesen, als die Menschen im Stadion und überall im ganzen Land dieses Team feierten, als wären sie gerade Weltmeister geworden und lauthals »Stuttgart ist viel schöner als Berlin« sangen … da liefen mir unaufhaltsam Tränen übers Gesicht und ich konnte mir gar nicht erklären, warum. Erst später wurde mir bewusst, dass ich auf dem besten Wege war, mich wieder mit Deutschland zu versöhnen.

Dennoch rannte ich erneut weg. Dieses Mal nach Indonesien, das Land meiner Mutter. Ich liebte – und liebe – Jakarta. Über die Jahre war ich oft zu Besuch hier. Die meisten Verwandten von Mamas Seite leben in Jakarta, und ich habe viele Cousins und Cousinen in meinem Alter. Diese haben mir nicht nur geduldig beigebracht, Jakarta-Slang zu sprechen, sondern liegen auch sonst mit mir auf der gleichen Wellenlänge.

Jakarta ist nicht Berlin und es ist auch nicht Tokio. Es ist wieder eine ganz andere Welt. Viele können mit der Millionenmetropole absolut gar nichts anfangen. Die Stadt ist überlaufen, man steckt ständig im Stau und braucht Stunden, um von einem Ort zum nächsten zu kommen. Wenn es einmal heftig regnet, bricht alles zusammen und viele Gegenden werden überflutet. Die Luftverschmutzung ist immens, Parks und öffentliche Grünflächen recht spärlich.

Aber trotz oder gerade wegen des Chaos ist Jakarta auch aufregend. Es wird niemals langweilig und jeder Tag birgt neue Überraschungen. Es ist beinahe unglaublich, wie sehr und wie schnell sich die Stadt in den letzten zwei Jahrzehnten verändert hat.

An Jakarta gibt es noch viele andere Dinge, die ich mag. Da ist zum einen dieser besondere Geruch, eine Mischung aus Gewürzen, Nelkenzigaretten, Schweiß und Hitze. Keine andere Stadt riecht so wie Jakarta.

Ich liebe aber vor allem die Menschen. Sie sind offen und freundlich, haben immer ein Lächeln auf den Lippen und interessieren sich für andere. Sie sind elegant im Smalltalk (in dieser Hinsicht habe ich sehr viel von den Indonesiern gelernt), humorvoll und hilfsbereit.

Jakarta war für mich ein weiterer Versuch, Wurzeln zu schlagen und endlich eine Heimat zu finden.

Ein Stück weit ist mir dies gelungen, doch selbst in Jakarta wurde mir schnell klar, dass die Indonesier mich nicht als »eine der ihren« betrachten. Sie sind überrascht, wenn sie erfahren, dass meine Mutter aus Ambon kommt – eine Insel im Osten des Landes, dort, wo der Pfeffer wächst –, denn man sieht es mir nicht an. Meine regelmäßigen Besuche in Deutschland zeigten mir gleichzeitig, dass es auch Dinge in der Heimat gibt, die ich schätze, und die mir fehlen.

Eine Freundin von mir hat es einmal sehr gut auf den Punkt gebracht: »Es ist ganz egal, wo du dich niederlässt, sei es in Indonesien, Deutschland, oder von mir aus auch in Japan: Irgendetwas wird dir immer fehlen.«

Deutschland – Ghana (2:2)

»Es ist wie im alten Rom. Leute stehen um das Spielfeld und wollen sehen, wie sich zwei Mannschaften bekriegen. Die Mannschaft, die es mehr will, gewinnt. Von daher werden wir bis aufs Blut gegen Deutschland kämpfen. ... Deutschland hat ein überragendes Team – und genau das ist das Problem. Deutschland hat den Druck, muss Weltmeister werden. Doch Deutschland hat keine Typen und Charaktere, die mit diesem Druck umgehen und eine Mannschaft mitreißen können. Wie früher ein Effenberg oder Ballack. ... Immer, wenn es drauf ankam, haben sie es nicht geschafft. ... Schweinsteiger wird nachgesagt, ein Führungstyp zu sein. Doch ob er diese Rolle wirklich annimmt...? Ich habe das Gefühl, er ist froh, wenn er in Ruhe Fußball spielen kann und man von ihm nicht vier Tore wie von Messi erwartet.«

Oh, die versteckten Sticheleien in diesen Aussagen ... Natürlich, es ist meine eigene Schuld. Von Boulevardzeitungen sollte man sich immer fernhalten. Aber es war nur ein schneller Klick im Internet, und schon sprangen mir diese Sätze in fett gedruckten Buchstaben entgegen. Und jetzt rege ich mich fürchterlich auf.

Es ist kein geringerer als Kevin-Prince Boateng, der ältere Halbbruder von Jerome, der sich zu diesen Aussagen hat hinreißen lassen.

Kevin-Prince und Jerome. Kevin-Prince und Michael Ballack. Kevin-Prince und der Rassismus. Kevin-Prince und Deutschland. Die Geschichten scheinen endlos.

Dass Kevin-Prince ein angespanntes Verhältnis zu Fußball-Deutschland hat, ist schon lange kein Geheimnis mehr. Er hatte schon immer den Ruf, ein »bad Boy« zu sein, aber spätestens nach seinem Foul an Michael Ballack, damals kurz vor der WM, als er mit seinem damaligen Verein Portsmouth gegen Ballacks Chelsea spielte, wurde er in Deutschland zum Staatsfeind Nummer eins.

Sein Foul kostete Ballack die WM, und wir verloren unseren Kapitän. Es war ein Schreckmoment, und ich werde nie vergessen, wie ich davon erfuhr: Am späten Nachmittag in der Redaktion winkte unser Sportchef mich zu sich.

»Was ist los?«, wollte ich wissen.

Er bedachte mich mit einem mitleidigen Blick und deutete auf seinen Computer. Dort sah ich eine Eilmeldung von der Nachrichtenagentur: *Ballack fällt für die WM aus.*

Ich dachte, er will mich auf den Arm nehmen, und war fassungslos, als ich begriff, dass dem nicht so war. Wie in Trance schickte ich eine SMS an Mama und Papa in Deutschland und an Maya in Singapur: *Kein Ballack!*

Es war ein harter Schlag für Deutschland, denn zu diesem Zeitpunkt ahnte wohl noch niemand, wie gut sich die Mannschaft am Ende schlagen würde. Ein Sündenbock musste her. Wer war dafür besser geeignet als Kevin-Prince Boateng?

Ich gebe zu, dass ich auch sauer auf ihn war. Doch als ich merkte, wie die Hetze gegen ihn überhandnahm, wie man ihn bedrohte, ihn beleidigte, ihn beschimpfte, änderte sich mein Gemütszustand ganz schnell. Er tat mir leid. Jerome tat mir leid, da er unglücklicherweise in dieses Kreuzfeuer geraten war, und natürlich tat mir auch Michael Ballack leid, den ich für einen ungemein wichtigen Spieler hielt, und der mit damals 30 Jahren gehofft hatte, dass seine wohl letzte WM ihm endlich einen Titel bringen würde.

Die Medien in Deutschland hatten ihren Spaß daran, Kevin-Prince und Jerome gegeneinander auszuspielen: böser Bruder und guter Bruder. Als sich die beiden dann beim Gruppenspiel Deutschland gegen Ghana gegenüberstanden – das erste Mal in der WM-Geschichte, dass zwei Brüder auf dem Feld waren und für unterschiedliche Teams ausliefen –, sah Kevin-Prince seinem Bruder beim obligatorischen Handschlag noch nicht einmal in die Augen.

Das ist nun vier Jahre her, und die Geschichte wiederholt sich tatsächlich bei dieser WM, da Deutschland und Ghana erneut in die gleiche Gruppe gelost wurden.

Die Brüder haben sich seitdem vertragen und verstehen sich blendend, was mich persönlich sehr erfreut, denn böses Blut unter Geschwistern kann ich so gar nicht nachvollziehen und es stimmt mich traurig. Kevin-Prince hat außerdem wahnsinnig viele Bonuspunkte bei mir gesammelt, als er bei einem Spiel mit seinem früheren Klub AC Mailand rassistisch beleidigt wurde und daraufhin vom Platz ging, gefolgt von seinen Teamkollegen. Ich fand es klasse, dass er sich das nicht gefallen ließ und ein Zeichen setzte. Als er dann mit seinem Wechsel zu Schalke nach Deutschland zurückkehrte, hoffte ich, dass sich die Gemüter hier wieder beruhigt hatten. Es sah auch ganz danach aus: Kevin-Prince wurde bei seinem neuen Verein schnell zu einem wichtigen Leistungsträger und wenn er in den Schlagzeilen war, hatte das meist nur mit dem Fußball zu tun.

Dass er nun, kurz vor dem Spiel gegen Deutschland, in einem Interview sticheln und provozieren muss – bitte. Es ist sein gutes Recht, seine Meinung zu äußern. Aber ich bin regelrecht enttäuscht, weil ich ihm so gar nicht zustimmen kann und mich diese ganze elendige Diskussion um Führungsspieler seit langem nervt.

Was soll das eigentlich heißen, wir haben keine Führungsspieler? Es stimmt schon, wir haben keinen Ballack, keinen Kahn, keinen Effenberg, niemanden, der auf dem Platz steht und uneingeschränkte Autorität fordert. Es gibt keinen Leitwolf, der seinen Herrschaftsanspruch geltend macht und die jüngeren Spieler in ihre Schranken weist, wenn er meint, dass es nötig ist.

Aber wir haben trotzdem eine Reihe von Spielern, die in der Mannschaft höchsten Respekt genießen, sowohl auf als auch neben dem Platz. Spieler wie Bastian Schweinsteiger, Sami Khedira, Manuel Neuer und Mats Hummels. Sie haben diesen Respekt nicht eingefordert, er ist ihnen einfach irgendwann entgegengebracht worden. Sie sind in diese Rolle hineingewachsen, ohne lautstark darauf hinzuweisen. Es war eine ganz natürliche Entwicklung. In diesem Team werden die jungen Nachwuchsspieler in die Mannschaft integriert, und ich muss sagen, dass mir dieses Konzept weitaus lieber ist, trotz meiner Sympathien für beispielsweise Ballack und Kahn. Dafür gibt es einen ganz einfachen Grund: Fußball ist ein Mannschaftssport. Hier müssen alle zusammenhalten und das »wir« in den Vordergrund stellen. Sonst wird es schwierig, in einem Turnier zu bestehen.

Kevin-Prince fällt wohl eher in die Kategorie Leitwolf, und vielleicht sind seine Kommentare über die deutsche Nationalmannschaft deswegen gar nicht so verwunderlich. Ich ärgere mich trotzdem.

Es ist auch nicht das einzige, das mich stört. Ein Fußballspiel mit einer kriegsähnlichen Schlacht zu vergleichen, finde ich grundsätzlich geschmacklos. Und Kevin-Prince ist durchaus nicht der einzige, der auf solche Metaphern zurückgreift.

Mir fällt Ähnliches auch in Indonesien häufig auf: die Kriegsterminologie, wenn die Menschen über Fußball diskutieren. Ganz besonders, wenn es um die deutsche Mannschaft geht. Ich lese regelmäßig Sätze wie: »Der Panzer überrollt Portugal«, »Deutschland über alles« oder »Hitler wäre stolz auf die deutsche Nationalmannschaft«, die mich zur Weißglut bringen.

Dabei muss ich die Indonesier natürlich trotz allem in Schutz nehmen. Die meisten wissen es einfach nicht besser. Wenn hier im Geschichtsunterricht über den Zweiten Weltkrieg gesprochen wird, dann immer im Zusammenhang mit den Japanern. Was Hitler und die Nazis in Europa verbrochen haben, ist oftmals nur eine Randnotiz.

Der einzige Mensch, den ich jemals von meiner Facebook-Liste gelöscht habe, ist ein freiberuflicher Journalist, der erklärt hatte, im Angesicht des heutigen Nahostkonflikts habe Hitler wohl damals die richtige Idee gehabt, mit der Vernichtung aller Juden. Ich war sprachlos, fand keine Worte, um mein Entsetzen auszudrücken. Es passiert mir sogar ab und zu, dass ich mich in einer belanglosen Konversation mit Indonesiern dazu genötigt sehe, Aufklärung zu betreiben. Wenn mir beispielsweise jemand an den Kopf knallt: »Du kommst aus Deutschland? Toll! Heil Hitler.«

Je nach Stimmungslage ist meine Reaktion darauf unterschiedlich. Manchmal versuche ich, geduldig zu erklären, warum ich diese Aussage abstoßend finde, andere Male antworte ich darauf mit: »Ich weiß nicht, was an Hitler toll sein soll. Und du tätest gut daran, ein wenig Recherche zu betreiben. Mit deiner dunklen Hautfarbe hättest du Nazi-Deutschland sicherlich nicht überlebt und ich auch nicht.«

In Bonn habe ich eine Zeit lang im Museum Haus der Geschichte als Aufsichtsperson gearbeitet. Als Neuankömmling wurde mir oft die Station zugeteilt, die sich mit der Nachkriegszeit in Deutschland befasst. Obwohl es, dem Thema ganz angemessen, eine dunkle, trübselige Ecke im Museum ist, fühlte ich mich dort niemals unwohl. Nach einer Weile kannte ich alle Exponate und ihre Beschriftungen in- und auswendig, von den Essensmarken bis hin zur Trümmerlore, einem Wagen, mit dem Schutt und Steine in den zerstörten Städten Deutschlands weggeschafft wurden.

Meine Arbeit im Museum hat mich für das Thema Zweiter Weltkrieg sensibilisiert, und ich kann oft nur den Kopf schütteln, wenn ich sehe, wie wenig Aufklärung in Indonesien dazu stattfindet und vielleicht geschieht ebenso wenig auch in vielen anderen Ländern der Welt.

Wenn es also um den Fußball geht und ich auf Twitter lesen muss, dass »die deutsche Nationalmannschaft auf dem besten Weg ist, die Herrschaft wie in den alten Nazi-Zeiten wieder an sich zu reißen«, möchte ich manchmal einfach nur weinen.

Als Maya in Jakarta eintrifft, habe ich mich schon wieder ein wenig beruhigt und bin bereit, den Fall Kevin-Prince Boateng wieder zu den Akten zu legen. Doch als sie mir erzählt, dass Ronaldo (der brasilianische, nicht der portugiesische) die Fans in seiner Heimat dazu aufgerufen hat, Miroslav Klose und Deutschland zu boykottieren, weil er um seine Position als Rekord-WM-Torschützenkönig fürchtet, bin ich gleich wieder auf Hundertachtzig.

»Was fällt dem ein?«, rufe ich. »Wie kann man nur so unsportlich sein?«

Schließlich ist Klose so etwas wie Fußballadel und, zumindest in meinen Augen, definitiv unantastbar. Nicht nur das, er ist auch der fairste Spieler, den ich jemals erlebt habe. Einer, der zum Schiedsrichter geht und ihm sagt, dass er gerade nicht gefoult wurde und es deshalb keinen Strafstoß geben sollte. Jemand, der niemals am Boden liegen bleibt um einen Freistoß oder Elfmeter rauszuholen, sondern lieber sofort wieder aufsteht und weiterspielt, den Ball immer im Blick. Miro ackert und schuftet, ist uneigennützig, hat ein Auge für seine Mitspieler und schießt nebenbei noch Tore wie am Fließband.

»Hoffentlich spielt Miro heute und hoffentlich trifft er«, pflichtet Maya mir bei. Und versetzt mir dann gleich den nächsten Schlag. »Ich glaube, das wird ein schwieriges Spiel heute.«

Ich spüre, wie mir heiß und kalt wird. »Du hast also kein gutes Gefühl?« Meine Stimme ist nicht mehr als ein ängstliches Flüstern. »Du meinst, wir verlieren?«

»Nein, ein gutes Gefühl habe ich nicht wirklich«, gibt Maya zu. Sie zündet sich eine Zigarette an, mit einem Deutschland-Feuerzeug, das sie von einer Freundin geschenkt bekommen hat, mit den Worten: »Ich habe keine Ahnung, warum du so begeistert bist von diesem Sport. Es ist so, als wärst du eine vollkommen andere Person, wenn du vom Fußball sprichst. Aber vielleicht bringt es dir ja trotzdem Glück.«

Ich habe auch einen Talisman, den ich zu jedem Turnier aus meiner Schublade hervorkrame. Ein Armband in Schwarz, Rot und Gold. Das habe ich 2006 in Berlin am Kudamm erstanden, als die WM in Deutschland stattfand, und bei allen nachfolgenden Europa- und Weltmeisterschaften zierte es mein Handgelenk. Es ist inzwischen schon sehr abgetragen, und ich glaube, es wird nicht mehr allzu lange halten. Trotzdem – ohne diesen Glücksbringer würde mir etwas fehlen.

Ich habe mal einen Artikel gelesen, in dem Fußballfans preisgaben, welche Rituale sie vor oder während der Deutschlandspiele praktizieren. Eine Hausfrau erzählte, dass sie immer Hemden bügele, wenn sie Fußball sehe, denn die wenige Male, wenn sie es versäumt habe, sei die Nationalmannschaft prompt geschlagen worden. Ein Bauarbeiter verriet, dass er vor jedem Spiel eine Bratwurst verzehre. Dabei müsse sein Stuhl in einem bestimmten Winkel zum Fernseher stehen und das Bier im Kühlschrank immer von der gleichen Marke sein – sonst sei Hopfen und Malz verloren.

Der ehemalige Nationalspieler Christoph Metzelder lud unlängst ein Foto von sich auf Twitter hoch. Er trägt nun einen Bart und will sich nicht mehr rasieren, solange die deutsche Mannschaft noch im Turnier ist. Das Gleiche tat er auch 2006, als er noch selbst spielte und das Sommermärchen erlebte.

Also bin ich gar nicht so verrückt. Mein Ding ist es eben, mir jedes Spiel mit Maya anzusehen, vorher ein bestimmtes Video zu schauen, mein Armband und das Schweinsteiger-Trikot zu tragen und lauthals Herbert Grönemeyers »Zeit, dass sich was dreht« zu singen. Früher habe ich auch vor jedem Spiel Sönke Wortmanns »Deutschland. Ein Sommermärchen« in den DVD-Player geworfen, aber in der letzten Woche fehlte mir dafür einfach die Zeit. Außerdem bin ich gesundheitlich immer noch leicht angeschlagen. Zum Glück hatte das keine negativen Auswirkungen, denn das Auftaktmatch gegen Portugal hat unsere Mannschaft trotzdem gewonnen. Also denke ich, dass ich dieses Ritual getrost ad acta legen kann – oder es zumindest nicht mehr als unbedingte Pflicht ansehen muss, sondern als nette Zugabe, die wir uns gönnen, wenn wir Zeit dafür haben.

Ich fühle mich körperlich noch immer nicht so richtig auf der Höhe, und habe aus diesem Grund neben anderen Dingen auch viele Spiele verpasst. Das der Japaner beispielsweise, denen ich immer nur das Beste wünsche, weil sie mich neun Jahre lang so wunderbar gastfreundlich behandelt haben. Oder die phänomenalen Aktionen von Mexikos Torwart Guillermo Ochoa beim Spiel gegen Brasilien, die ich leider nur in einer Zusammenfassung gesehen habe.

Ich habe auch nicht live vor dem Fernseher erlebt, wie Luis Suarez England im Alleingang auseinandergenommen hat – die Niederlage bedeutete das vorzeitige Aus der Engländer.

Ein Schicksal, das auch die Spanier ereilen sollte. Nach der Katastrophe gegen Holland verlor der amtierende Weltmeister auch gegen Chile. Ich habe noch immer dieses Bild vor Augen: Iker Casillas kriecht im Strafraum über den Boden. Es war sein letzter Versuch, das Tor von Robben zu verhindern. Es sah einfach nur demütigend aus und mir blutete ein wenig das Herz.

Die Spanier haben zu lange auf das gleiche Team gebaut. Sie hätten früher junge, talentierte Nachwuchsspieler integrieren müssen, dann wäre der Bruch nicht so signifikant und schmerzhaft gewesen. Wer aber einen Javier Martinez auf der

Bank versauern lässt, lieber Vicente del Bosque, der ist wohl selber schuld – und das sage ich selbstverständlich ganz neutral, und nicht etwa, weil ich ein Fan von Bayern München und unserem Spieler mit der Nummer 8 bin.

Trotzdem, die Spanier werden umstrukturieren und dann stark zurückkommen, dessen bin ich mir sicher. Dass sie sich so früh aus Brasilien verabschieden würden, hätte wohl niemand vermutet, aber für Deutschland kann das nur von Vorteil sein. Unser Angstgegner der letzten Jahre ist nicht mehr dabei – jetzt müssen wir nur sehen, wie Italien sich im letzten Spiel gegen Uruguay schlägt.

Und es ist vollkommen egal, ob ich heute Fieber und Schüttelfrost habe, nichts und niemand wird mich davon abhalten können, Deutschland gegen Ghana live mitzuerleben.

Ich habe einen Tisch in einem deutschen Restaurant reserviert. Einige meiner Kollegen werden Maya und mich begleiten, wobei ich natürlich ausschließlich diejenigen eingeladen habe, die den Deutschen die Daumen drücken; das war die Grundvoraussetzung. Es sind nicht sonderlich viele, und bei einigen, die vor WM-Beginn noch kein Lieblingsteam hatten, musste ich echte Überzeugungsarbeit leisten. Bei den Frauen konnte ich mir mit einfachen Tricks helfen: Ich zeigte ihnen Fotos von Hummels, Neuer und Boateng im Anzug, und schon waren sie auf meiner Seite, ganz verliebt in die roten Apfelbäckchen unseres Keepers, die Augen von Mats Hummels, und das Lächeln von Jerome Boateng. Die ausgewählten männlichen Kollegen hingegen bestach ich mit Deutschland T-Shirts und Trikots.

Das Spiel beginnt erst um zwei Uhr morgens, eine furchtbare Zeit, und ich leide besonders unter der Tatsache, dass ich am nächsten Tag den Sonntagsdienst habe und um neun Uhr im Büro antanzen muss.

Wir sind schon um halb zwölf da. Zu Hause haben wir natürlich noch unser Ritual praktiziert und besagtes Video angesehen; hier in der Kneipe läuft jetzt erst einmal Argentinien gegen Iran, und die Südamerikaner tun sich schwer. Lionel Messi, der beste Fußballer der Welt, versucht, endlich den Erwartungen in seinem Heimatland gerecht zu werden, und den Ruf loszuwerden, dass er im Barcelona-Trikot überragend ist, aber im Blau-Weiß der Argentinier regelmäßig untergeht.

Der Fußball schreibt ja ohnehin die tollsten, rührseligsten und wundersamsten Geschichten. Wenn ich beispielsweise an Ghana denke, fällt mir sofort Asamoah Gyan ein, der tragischste aller WM-Helden in Südafrika. Selbst die Niederlage der Deutschen gegen Spanien, damals im Halbfinale, hat mir nicht so zugesetzt wie das Unglück der Ghanaer im Viertelfinale gegen Uruguay.

Auf Ghana ruhten die Hoffnungen eines ganzen Kontinents, da die »Black Stars« als einzige afrikanische Nation noch im Wettbewerb waren. Und sie schlugen sich wacker, gingen in Führung, kassierten den Ausgleich, mussten in die Verlängerung und dann, in der allerletzten Minute, führte Ghana einen Freistoß aus.

Großes Gedränge im Strafraum, ein Kopfball, der nichts anderes bedeuten konnte als das Siegtor – doch Luis Suarez, der auf der Linie stand, streckte seinen Arm nach oben, schlug den Ball weg und verhinderte somit den Führungstreffer von Ghana, der gleichzeitig den Einzug ins Halbfinale bedeutet hätte, da die letzten Sekunden des Spiels liefen.

So aber bekam Suarez folgerichtig die Rote Karte. Er verließ weinend den Platz, und ich habe bis heute noch nicht verstanden, warum er eigentlich so geheult hat. Ghana bekam einen Elfmeter. Es war Gyan, der Verantwortung übernahm und den Ball auf den Elfmeterpunkt legte. Ich bemerkte, dass ich zitterte, soviel Spannung lag in der Luft. Als dann der Ball an die

Latte knallte und Gyan zusammenbrach, fühlte auch ich mich, als hätte der Fußballgott uns alle im Stich gelassen. Das darauffolgende Elfmeterschießen verlor Ghana, und so war Uruguay das Team, das im Halbfinale stand – und Gyan derjenige, der auf dem Platz von Weinkrämpfen geschüttelt wurde, während Suarez sich wie ein Held feiern ließ. Ich konnte es nicht fassen. Dass Suarez auf den Schultern seiner Teamkollegen durch die Gegend getragen wurde, mit einem breiten Grinsen im Gesicht, empfand ich als eine regelrechte Unverschämtheit.

Für mich war dies das größte Drama der WM 2010. Es hinterließ einen derart bitteren Nachgeschmack, dass mir heute noch ganz weh ums Herz wird, wenn ich Gyan auf dem Fernsehschirm sehe. Mit Suarez wurde ich nie richtig warm, trotz seiner phänomenalen Leistungen in der englischen Premier League. Spätere Vorfälle – der Rassismusvorwurf und die Beißattacke – brachten ihm natürlich auch keine Sympathiepunkte bei mir ein. Weil sich Uruguay dank Suarez' Hand ins Halbfinale gemogelt hatte und ich dem Team jegliche Unterstützung verweigerte, sah ich mich auch noch dazu genötigt, im darauffolgenden Spiel die Holländer anzufeuern – ein Gräuel für die meisten deutschen Fans. Vielen Dank dafür, Suarez!

Einer meiner Kollegen, Iqbal aus der Wirtschaftsredaktion, ist ein Fan von Liverpool und hält große Stücke auf Suarez. In unseren Kaffeepausen reden wir oft über Fußball. Suarez wird allerdings nicht mehr erwähnt, seit wir seinetwegen eine hitzige Auseinandersetzung hatten. Es ist erstaunlich, welch starke Emotionen der Fußball auslöst.

Auf Twitter wünschen momentan viele neutrale Fußballbeobachter der iranischen Mannschaft, dass sie das Unentschieden hält, doch Messi hat andere Pläne: Kurz vor Spielschluss trifft er zum 1:0. Die argentinischen Fans in der Kneipe sind außer sich vor Freude, aber die Deutschen, hier natürlich in der

Überzahl, bleiben relativ ruhig. Wir denken eben schon ans nächste Spiel. Die meisten sind mit ihren Handys beschäftigt; eine globale Krankheit, die allerdings in Indonesien ungeahnte Ausmaße angenommen hat. Ohne soziale Netzwerke ist man hier ein Niemand.

Ich selber hatte mich zunächst bei Facebook angemeldet und verspürte nicht gerade den Wunsch, mich mit anderen Netzwerken auseinanderzusetzen. Doch mein ehemaliger Chef, Leiter des Feuilletons, legte mir nahe, mich auch auf Twitter zu registrieren. »Jeder Journalist sollte sich auf Twitter auskennen, und das gilt ganz besonders für Indonesien«, sagte er. »Du bekommst dort ein Gespür für neue Entwicklungen und Trends im Land.«

Er sollte Recht behalten.

Es dauerte nicht lange, bis endlich auch die großen Stars das unglaubliche Potenzial sozialer Netzwerke entdeckten. Heutzutage hat jeder eine sogenannte Fanpage auf Facebook, einen verifizierten Twitter Account und meistens noch eine Seite bei Instagram, auf der fleißig Fotos hochgeladen werden.

Besonders bei dieser WM ist mir aufgefallen, wie verrückt das eigentlich alles ist. Als Fan der deutschen Nationalmannschaft beispielsweise folge ich dem DFB auf Twitter, Facebook und Instagram. Hinzu kommen meine Lieblingsspieler, diverse Medien und Sportjournalisten, außerdem Freunde, die den Fußball ebenso lieben wie ich.

Zu jedem beliebigen Zeitpunkt erfahre ich sowohl wichtige als auch belanglose Dinge über das Team. Die ersten Spieler haben sich auf dem Trainingsplatz eingefunden! Abfahrt zum Stadion ist um 13 Uhr! Mario Götze ist mit seiner Mama am Strand spazieren gegangen! Zum Mittagessen gibt es heute Pasta! Mats Hummels entspannt sich in einer Hängematte!

Manchmal kann ich nur den Kopf schütteln über diesen endlosen Fluss von Informationen, aber andererseits stecke ich selbst mittendrin. Ich freue mich, wenn ich sehe, dass Bastian Schweinsteiger und Kevin Großkreutz sich angefreundet haben (denn ich finde, ein wenig mehr Verständnis und Sympathie zwischen dem FC Bayern und dem BVB würde allen Beteiligten gut tun) oder wenn die wieder entflammte Liebe zwischen Schweinski öffentlich von Lukas und Bastian zur Schau gestellt wird. Ich verfolge die Pressekonferenzen des deutschen Teams wenn möglich immer live und beginne den Tag mit einem Lächeln, wenn Jerome mir einen guten Morgen auf Twitter wünscht und Toni Kroos daran erinnert, dass »Matchday« ist.

Sobald der Schiedsrichter allerdings ein Deutschlandspiel anpfeift, wird das Handy zur Seite gelegt. Dann habe ich keine Zeit mehr für soziale Netzwerke, sondern konzentriere mich zu hundert Prozent auf die Leinwand.

So wie es gleich der Fall sein wird. Noch haben wir eine Stunde Zeit. Sechzig Minuten Warten und Bangen, sechzig Minuten zwischen Hoffnung und Angst. Während Maya noch freundlichen Smalltalk mit meinen Kollegen hält, verkrampfen sich meine Hände, beginnt das Herzflattern.

»Also, was passiert jetzt eigentlich genau, wenn Deutschland verliert?«, fragt Nigel. Er arbeitet mit mir bei der Zeitung und macht keinen Hehl daraus, dass er eigentlich keine Ahnung von Fußball hat. Da er aber schon oft in Berlin war und von daher eine Affinität zu Deutschland hat, versteht es sich von selbst, wem er bei der WM die Daumen drückt – obwohl er eigentlich aus Indien kommt, aber einen amerikanischen Pass hat.

Verzweifelt sehe ich in die Runde und hoffe, dass jemand anders ihm erklären wird, wie die Konstellation in der Gruppe im Falle einer deutschen Niederlage aussehen wird. Mikael, der neben mir sitzt und schon längst bemerkt hat, dass ich nicht mehr ganz zurechnungsfähig bin, erbarmt sich schließlich.

Zu meiner Rechten sitzt Maya, neben ihr Alice, die wie ich für das Feuilleton schreibt. Alice hat eine wundersame Wandlung durchlebt. Früher war sie ein großer Fan vom AC Mailand, doch irgendwann, sagt sie, wurde ihr der Fußball einfach zu anstrengend. Sie schaffte es einfach nicht mehr, nachts aufzustehen, nur um sich ein Spiel anzusehen, und dann am nächsten Morgen völlig gerädert ins Büro zu fahren.

Als sie mir davon erzählte, heuchelte ich Verständnis, erkannte aber sofort die einmalige Gelegenheit, sie auf meine Seite zu ziehen: Die Grundlagen waren definitiv vorhanden, nur musste ich sie noch davon überzeugen, sich hinter das deutsche Team zu stellen und nicht etwa eine andere Nation zu favorisieren.

Ich begann, begeistert von unseren Spielern zu erzählen, von den Fast-Erfolgen der vergangenen Jahre, und erklärte ihr, dass es für uns nun endlich mal wieder an der Zeit sei zu gewinnen. Meine Mutter schickte mir Schokolade aus Deutschland. Als ich feststellte, dass in jedem Riegel ein Aufkleber mit dem Bild eines unserer Nationalspieler versteckt war, fütterte ich Alice mit diesen Dingern, garniert mit der Lebensgeschichte des Spielers, dessen Sticker sie in der Hand hielt, bis sie keine andere Wahl mehr hatte, als ihre Treue zum deutschen Team zu schwören.

Eigentlich hätte Jo heute noch mitkommen sollen, einer unserer Fotografen, aber er ist leider krank. Na toll, denke ich, wozu habe ich ihm dann ein Deutschlandtrikot geschenkt? Ich weiß, dass er eigentlich Fan der Niederlande ist, wie so viele Indonesier, aber ich hatte gehofft, dass das wunderschöne Trikot im Retro-Stil von 1954 ihn vielleicht umstimmen würde. Zumindest hat er behauptet, von Trikot und Nationalmannschaft ganz angetan zu sein. Aber ich weiß nicht, ob ich ihm das glauben soll.

Iqbal hätte ich auch gerne noch als Fan der DFB-Auswahl gewonnen, aber er stellte ziemlich schnell klar, dass seine Sympathie allein den Franzosen gilt, und dass er überhaupt mehr an Club-Fußball interessiert ist als an den großen Turnieren. Bitte sehr! Ob wir uns weiterhin noch so gut verstehen werden wie vor der WM, kann ich jetzt noch nicht absehen.

Im Grunde bin ich aber sehr zufrieden mit unserer kleinen Gruppe und freue mich, dass der Fußball, oder, noch schöner, das deutsche Team uns in dieser Nacht zusammengeführt hat.

Der Einsatz von Mats Hummels war fraglich, doch eine Stunde vor Spielbeginn hat uns der offizielle Twitter-Account des DFB die Aufstellung bereits verraten: Der Dortmunder ist doch fit genug, um aufzulaufen. Puh!

Die Mannschaft steht bereits im Spielertunnel, und ich fange an, mich zu sorgen. Philipp Lahm sieht jetzt schon so aus, als hätte er eben an einem Marathon teilgenommen. Per Mertesacker ist auch ungewöhnlich rot im Gesicht. Und bilde ich mir das ein oder leidet Benedikt Höwedes schon unter Atemnot?

Wenn das Klima in Brasilien ähnlich heiß und schwül wie in Indonesien ist, wo auch meist eine Luftfeuchtigkeit von über 80 Prozent herrscht, kann ich durchaus nachvollziehen, warum alle schon jetzt so einen Flunsch ziehen.

Ich gehe in Jakarta oft zu Fuß von der Arbeit nach Hause, um den tagtäglichen Verkehrsstau zu meiden. Obwohl ich nur zwanzig Minuten brauche, bin ich meistens so verschwitzt, dass ich sofort unter die Dusche springen muss. Sich bei so einem Wetter Höchstleistungen auf dem Fußballplatz abzuringen, muss den Kreislauf ungemein belasten, insbesondere, wenn man diese Art von Klima nicht gewohnt ist. Und so sehen die Spieler aus Ghana in der Tat taufrisch aus. Wie unfair!

»Zum Glück kann es heute keine Verlängerung geben«, sage ich zu Maya und schmeiße meinen Kopf auf ihre Schulter, denn nun gibt es kein Zurück mehr. Das Spiel beginnt.

Es dauert keine zwölf Minuten, bis ich zum ersten Mal denke: Ghana, warum bist du so versessen darauf, uns Probleme zu bereiten? Nicht, dass die Mannschaft irgendeinen Grund dazu hätte, sich zu verstecken, aber muss Christian Atsu denn gleich so einen platzierten Schuss abgeben? Kein Problem für Neuer, aber wenn das nur der Auftakt der Black Stars war, dann können wir uns ja auf was gefasst machen.

Die Anfangsphase ist hektisch, unruhig, die Spieler laufen viel – Jungs, macht mal langsam, will ich rufen, das Tempo könnt ihr nicht neunzig Minuten lang durchhalten!

Es gibt Pfiffe gegen Kevin-Prince Boateng, ohne Zweifel von den mitgereisten deutschen Fans. Ich persönlich würde ja als Zuschauer nie im Leben meine Energie für so einen Quatsch verwenden, es gibt wahrlich wichtigere Dinge.

Die Quote der deutschen Fehlpässe ist in den letzten Minuten stark angestiegen. Vielleicht wollen sie es spannend machen? Ich weiß doch, dass sie das Passspiel eigentlich besser beherrschen. Auf einmal ein Distanzschuss von Sulley Muntari, wie aus dem Nichts, doch unseren Manu kann so etwas rein gar nicht aus der Ruhe bringen.

Da, schon wieder! Asamoah Gyan hängt Mertesacker ab, rennt allein auf Neuer zu; doch der hat die Situation längst durchschaut und eilt einige Schritte auf den Ghanaer zu, der dann vor lauter Schreck den Ball ins Aus dribbelt.

Direkt im Anschluss dann endlich mal Aufregung im Sechzehner von Ghana, aber auch Müller und Götze können ihre Chancen nicht nutzen.

Hin und her, wie ein Wirbelwind sausen beide Mannschaften über den Platz, und mir ist schon ganz schwindelig. Ich freue mich jetzt schon auf die Halbzeitpause. Sami Khedira und Mesut Özil sehen aus, als bräuchten sie ganz dringend ein Sauerstoffgerät. Ich übrigens auch.

Da ich so nervös bin, rauche ich eine Zigarette nach der anderen. Der Aschenbecher ist randvoll, aber die Bedienungen sind auch vom Fußballfieber gepackt und haben den Service erst einmal auf ein Minimum reduziert – niemand nimmt es ihnen übel.

»Alles klar?«, fragt Nigel besorgt, als die Spieler in der Kabine verschwunden sind. Ich nicke bloß und muss tief durchatmen. Wenn das in der zweiten Halbzeit so weitergeht, kann Maya mich nachher nach Hause tragen, das ist ja nicht zum Aushalten.

»Ein gutes Spiel, sehr spannend, beide Mannschaften sind extrem gut, auf Augenhöhe«, analysiert Mikael, und es klingt, als würde er im Kopf bereits einen Artikel für unsere Sportseiten schreiben.

Ich sehe ein, dass er recht hat. Es ist unglaublich viel los auf dem Platz, und einem neutralen, oder sagen wir mal einem nicht hyperemotionalen Betrachter, der nicht unbedingt an die Nationen auf dem Bildschirm gebunden ist, macht das sicher viel Spaß. Aber ich, ich bin ein Häufchen Elend. Eine 3:0-Führung wäre mir lieber, auch wenn es dem Spiel die Spannung nehmen würde.

Maya steht auf, ich klammere mich verzweifelt an ihr fest. »Wo gehst du hin?«

»Ich werde ja wohl mal eben auf Toilette gehen dürfen«, sagt sie vorwurfsvoll und schüttelt mich mitleidlos ab.

Ich werfe einen Blick zu Alice, die fast genauso leidend aussieht wie ich selbst. Solche Momente sind eigentlich perfekt dafür, eine Runde Shots zu bestellen, aber ich kann es nicht ausstehen, angetrunken zu sein, wenn ich mir ein Fußballspiel ansehe. Ein paar Gläser Bier sind vollkommen in Ordnung, aber etwas Härteres ist einfach nicht mehr drin. Zumindest nicht mehr, seit ich vor einigen Jahren meinen 30. Geburtstag gefeiert habe.

Ohnehin bin ich kein großer Fan von Bier, ich bevorzuge Wein oder Whisky, aber zu Fußball passt kein Getränk außer Bier. Selbst wenn Italien spielt, mache ich nie ein Fläschchen Rotwein auf, sondern bleibe bei einem kühlen Bier.

Die Halbzeitpause vergeht immer viel zu schnell. Kaum hat sich der Pulsschlag wieder einigermaßen normalisiert, geht es schon wieder los. Und wie!

Zunächst einmal kommt die Mitteilung, dass Jerome Boateng durch Shkodran Mustafi ersetzt wird. Hoffentlich nichts Ernstes, denke ich, und damit ist das Duell der Brüder, das eigentlich gar kein richtiges war, zumindest kein brisantes, vorzeitig beendet.

Das Spiel läuft gerade mal fünf Minuten, da fällt ein sehr kurioses Tor durch Mario Götze. Thomas Müller flankt in den Strafraum, Götze reagiert schneller als seine zwei ghanaischen Gegenspieler, der Ball prallt von seiner Nase auf sein Knie und von dort ins gegnerische Tor. Doch wen kümmert es schon, wie er den Ball ins Netz befördert hat? Hauptsache, das Ding ist drin!

Deutschland führt! Ich springe auf, werfe dabei aus Versehen meinen Stuhl um, umarme meine Schwester, klatsche mich mit meinen Kollegen ab und bin erleichtert. Götze scheint fast emotionslos, aber in Jakarta feiern wir dafür umso mehr.

Kevin-Prince wird ausgewechselt, nun sind beide Boatengs nicht mehr auf dem Platz, was ich irgendwie seltsam finde – ein Deutschland-Ghana-Spiel ohne boatengsche Beteiligung? Das macht nur noch halb so viel Spaß!

Und auf einmal schießt Ghana ein Tor.

Ich bin erschüttert. Vor allem, weil ich gerade nicht richtig aufgepasst habe. »Am schlimmsten finde ich es, wenn man sich über ein Tor freut, und dann kommt direkt im Gegenzug der Ausgleichstreffer für die anderen. Da fühlt man sich so richtig verarscht«, hatte ich vor dem Spiel noch zu Maya gesagt.

Ghana will mich heute also ein wenig auf den Arm nehmen. Andre Ayew springt höher als alle anderen, was dummerweise kein Problem ist, da Mustafi gar nicht mitgesprungen ist, und trifft per Kopf. Neuer ist wütend, er schmollt. Ich glaube, er ist in dieser Hinsicht wie Oliver Kahn. Jedes Gegentor, ob er nun machtlos war oder nicht, ist eine persönliche Beleidigung gegen ihn.

In der Zeitlupe sieht man deutlich, dass Mustafi energischer in diesen Zweikampf hätte gehen müssen, und bei dem Gedanken an die ganzen Schmähungen, die sich gleich sicher im Internet finden lassen, tut er mir jetzt schon leid.

Na schön, denke ich trotzdem. Dann steht es eben 1:1 und ich ignoriere einfach mal die Tatsache, dass die Zuschauer im Stadion – bis auf die Deutschen – geschlossen hinter Ghanas Mannschaft stehen, sie anfeuern und bejubeln.

Deutschland scheint sich ein wenig im Schockzustand zu befinden. Doch in der 62. Minute geschieht etwas Wunderbares: Die Kamera schwenkt zur Ersatzbank, und ich sehe, wie Bastian Schweinsteiger aufsteht, einen Schluck trinkt, sich das Wasser über den Kopf gießt und sein Gesicht damit wäscht. Er beugt sich nach unten, rückt seine Socken zurecht. Schweinsteiger wird gleich zu seinem ersten Einsatz kommen, und wie auf Kommando drehen sich meine Arbeitskollegen zu mir um und strahlen mich an. Sie wissen, dass dieser Moment ein besonderer für mich ist; ich habe seit Beginn dieser WM – neun Tage und 151 Spielminuten, um genau zu sein – darauf gewartet. Unter dem Tisch greife ich nach Mayas Hand und wir müssen nichts sagen, uns noch nicht einmal angucken, diese kleine Geste zwischen uns ist Gedankenaustausch genug.

Ich kann mich leider nicht lange freuen, denn bevor Schweinsteiger überhaupt auf dem Platz steht, fällt das nächste Tor – für Ghana! Ein schlampiger Pass von Philipp Lahm führt zum Ballverlust im Mittelfeld, und dann geht alles ganz schnell: Asamoah Gyan kriegt den Ball, lässt Manuel Neuer aus kurzer Distanz keine Chance.

Ausgerechnet Gyan! Wenn ich es einem Spieler aus Ghana besonders gönne, zum WM-Helden zu werden, dann ist es

Gyan. Aber hätte er sich nicht ein anderes Spiel für seine große Sternstunde aussuchen können?

Das verflixte zweite WM-Spiel der Deutschen, das ihnen schon so oft Probleme bereitet hat. Es ist tatsächlich wie verhext. Nun liegen wir 1:2 zurück und wenn das Ergebnis so bleibt, stehen wir im letzten Spiel mit dem Rücken zur Wand. Und gerade das sollte doch heute um jeden Preis vermieden werden.

Wo ist denn eigentlich Schweinsteiger? Irgendjemand muss kommen, um Ordnung ins Spiel zu bringen und die Dominanz im Mittelfeld zurückgewinnen. Wir schwimmen, brechen ein unter der Last, machen Fehler und sind verunsichert. Ich weiß zwar nicht genau, ob Schweinsteiger es allein richten kann, aber einen Versuch ist es allemal wert. Es dauert noch sechs Minuten, dann ist es soweit. Klose für Götze, Schweinsteiger für Khedira. Als Bastian mit energischen Schritten auf den Platz eilt und gleich Anweisungen vom Trainer an seine Teamkollegen weitergibt, ergibt meine Fußballwelt wieder Sinn. Endlich hat die WM auch für mich richtig und hundertprozentig begonnen.

Schweinsteiger beginnt mit einem hübschen Seitenwechsel und ist ab sofort omnipräsent auf dem Feld. Sätze wie »Der Boss ist wieder da« spuken durch meinen Kopf, und ich frage mich, ob ich in der Sportredaktion nicht doch besser aufgehoben wäre als im Feuilleton. Aber mir wird sehr schnell klar, dass ich niemals ein neutraler Beobachter sein könnte.

Ein Angriff über die linke Seite, eingeleitet von Schweinsteiger, führt zu einer Ecke. Toni Kroos legt sich den Ball zurecht, während unsere Langen aus der Verteidigung nach vorne traben. Es ist Benedikt Höwedes, der per Kopf den Ball verlängert, und dann streckt jemand seinen Fuß aus und schiebt die Kugel ins Netz.

Ausgleich! 2:2! Das ist der Wahnsinn – der Torschütze ist Miroslav Klose! Steht keine zwei Minuten auf dem Platz und trifft. Es kommt sein Markenzeichen, sein Salto, Vorsicht Miro! Er landet unsanft auf dem Hintern, doch einen Miro Klose haut so etwas nicht um. Er springt sogleich wieder auf, um sich feiern zu lassen.

Wolltest du noch etwas sagen, Ronaldo?

Auf dem Spielfeld ist auf einmal die Hölle los, zwanzig Minuten lang haben wir noch Zeit, entweder das Unentschieden zu verwalten, oder den Siegtreffer zu erzielen. Beide Mannschaften spielen munter nach vorne, es ist, wie man so schön sagt, ein offener Schlagabtausch. Ja, aufregend und spannend, wie Mikael es zweifellos beschreiben würde, aber mir ist das alles zu viel.

Kaum ist eine Chance vertan, kommt die nächste, und eine weitere, hin und her geht es in furioser Geschwindigkeit, dieses Spiel ist so intensiv, dass ich mir insgeheim verspreche, Schluss zu machen mit dem Fußball. Ich kann nicht mehr. Ob ich mehr Seelenfrieden hätte, wenn mir dieser Sport egal wäre? Wenn ich sehe, wie erst Lahm und später Özil eine vielversprechende Situation nicht nutzen können, bin ich überzeugt davon. Verschwinde aus meinem Leben, Fußball. Du machst nichts als Ärger, ich will mich nicht mehr mit dir auseinandersetzen!

Als ob es mir nicht schon dreckig genug gehen würde, sehe ich mit Entsetzen, wie Manuel Neuer ein Abwurf missglückt. Er will den Ball nach vorne zu seinem Mitspieler werfen, scheitert aber kläglich. Wenn der Ghanaer jetzt blitzschnell reagiert … tut er aber nicht. Neuer improvisiert und verwandelt Abwurf kurzerhand in Abschlag. Auf diese Weise gelingt es ihm, den Ball fast bis vor das gegnerische Tor zu schießen. Das war so natürlich nicht geplant, und mir fällt ein Stein – ach, was sage ich, ein ganzes Gebirge vom Herzen, als ich sehe, dass sein Fehler keine weitreichenden Folgen haben wird.

Ein Raunen geht durch die Zuschauer in unserer Kneipe, als die Szene wiederholt wird. Und dann wird Neuer herangezoomt. Er gerät in dieser Situation nicht etwa in Panik oder läuft wie ein aufgescheuchtes Huhn kopflos über den Platz. Manuel Neuer lächelt. Es ist kein verschämtes Lächeln, noch nicht einmal ein spitzbübisches, sondern ein strahlendes. Und das erste Mal seit Miroslav Kloses Tor fühle ich mich wieder ein wenig besser.

Endlich erbarmt sich der Schiedsrichter und pfeift das Spiel ab. Müller hat sich bei seiner letzten Aktion im Strafraum verletzt und liegt blutend am Boden. Kein schöner Anblick; hoffentlich nur eine Platzwunde, die schnell wieder genäht werden kann.

Das Unentschieden ist ein gerechtes Ergebnis, darin sind Maya und ich uns einig. Schweinsteiger hat gut gespielt, obwohl auch er am Ende sehr mitgenommen wirkte, und das, obwohl er nur zwanzig Minuten zum Einsatz kam. Vier Punkte aus zwei Spielen, das ist natürlich nicht optimal, aber es ist noch nichts verloren.

Unsere Gruppe löst sich schnell auf, schließlich ist es beinahe fünf Uhr morgen. Eigentlich lohnt es sich für mich gar nicht, ins Bett zu gehen. Ich könnte einfach die nächsten Stunden totschlagen und dann direkt ins Büro fahren, aber auf der Fahrt nach Hause merke ich, wie schlecht es mir im Grunde noch geht.

Auf der Terrasse rauchen wir wie immer noch eine Zigarette, und dann dauert es keine fünf Minuten, bis ich eingeschlafen bin.

Als der Wecker klingelt, kann ich meine Augen kaum öffnen. Mein ganzer Körper schmerzt, und nur mühsam schleppe ich mich ins Badezimmer. Maya rührt sich nicht. Verfluchter Sonntagsdienst.

Wie in Zeitlupe trinke ich meinen Kaffee. Meine erste Zigarette muss ich vorzeitig im Aschenbecher ausdrücken, weil ich einen Hustenanfall bekomme. Mein Hals schmerzt, und erst jetzt bemerke ich, dass ich keine Stimme mehr habe. Ich gehe wieder nach oben, um Maya kurz zu wecken. Sie fliegt am Nachmittag zurück nach Singapur, doch der Abschied fällt uns so leicht wie selten. In drei Tagen sehen wir uns schon wieder, um dann gemeinsam die lange Reise nach Deutschland anzutreten.

»Mach's gut, Lara«, murmelt Maya schlaftrunken.

»Bis Mittwoch«, will ich antworten, aber ich bringe kaum mehr als ein Krächzen zustande.

»Ach du meine Güte!« Maya setzt sich erschrocken im Bett auf. »Du Arme, du kannst ja gar nicht sprechen. Bloß nicht mehr rauchen heute. Hustensaft und früh schlafen gehen, ja?«

»Aber ...«, will ich protestieren. Am Abend wollte ich mir eigentlich Belgien gegen Russland ansehen, eventuell auch noch Südkorea gegen Algerien, aber ich verwerfe den Gedanken schnell wieder.

»Kein Fußball«, sagt Maya streng. »Viel wichtiger ist, dass du einigermaßen ausgeruht bist für den langen Flug nach Deutschland.«

Wenn die deutschen Spieler wüssten, welche Strapazen wir auf uns nehmen müssen – sie sollten uns eine Tapferkeitsmedaille verleihen oder eine Ehrenmitgliedschaft klarmachen. Zumindest ein Brazuca Ball mit ihren Unterschriften oder ein Grillabend mit Thomas Müller sollte wohl möglich sein!

In der Redaktion ist es sonntags immer ruhiger als sonst und ich bin dankbar dafür. Gegen ein Uhr trudelt Mikael ein. Zur Begrüßung halte ich einen Zettel hoch mit der Aufschrift: »Ich habe meine Stimme verloren.«

Sein Mitleid hält sich in Grenzen. Er sieht selbst furchtbar verschlafen aus, versucht aber permanent, mich in ein Gespräch zu verwickeln, nur damit er etwas zu lachen hat.

»Wo bleibt übrigens dein neuer Blog?«, fragt er mich schließlich, und ich kann nicht vermeiden, rot anzulaufen. Obwohl ich für den Kulturteil unserer Zeitung schreibe, verfasse ich auch Beiträge für unseren Fußball-Blog, der natürlich gerade während einer Weltmeisterschaft besonders oft aktualisiert werden sollte.

»Ja, ich schreibe noch etwas, bevor ich nach Deutschland fliege«, krächze ich. »Und aus Berlin schicke ich dir natürlich auch Artikel.«

Doch erst einmal gibt es Wichtigeres zu erledigen: Ich recherchiere im Internet, suche nach Interviews und Stimmen zum Spiel. Wie erwartet, werden Mustafi und Lahm zum gemeinsamen Sündenbock gemacht, aber ich habe kaum noch Energie, um mich zu echauffieren.

Lieber beschäftige ich mich mit erfreulicheren Dingen. Kloses Tor zum Beispiel und Ronaldos Reaktion darauf. Kurz nach dem Ausgleich twitterte der Brasilianer, wohlgemerkt auf Deutsch: »Willkommen im Klub«. Nachdem ich mich ja so furchtbar über ihn aufgeregt hatte, finde ich das eigentlich ganz witzig. Da hat er gerade nochmal die Kurve gekriegt.

Auch Schweinsteigers Rückkehr wird von den Medien ausführlich behandelt. Viele finden, dass er in die Startelf gehört, nachdem Sami Khedira geschwächelt hat. Ich glaube aber, dass die Ausgangssituation nicht wirklich verstanden wird. Es geht nicht so sehr darum, ob er es verdient hat, in der Startelf zu stehen, sondern vielmehr darum, ob er fit ist und genug Ausdauer hat, über die volle Länge eines Spiels zu gehen. Wenn dem so ist, dann bestehen für mich keine Zweifel, dass er am Donnerstag von Anfang an mit dabei sein wird. Es führt kein Weg daran vorbei.

USA – Deutschland (0:1)

Meine Jahre andauernde, oft versteckt gehaltene Liebesaffäre mit Italien ist beendet. Suarez und Uruguay, sie haben uns auffliegen lassen, uns gezwungen, Schluss zu machen. Ich bin trotzig, will nicht loslassen, obwohl ich schon lange wusste, dass sich die Beziehung dem Ende zuneigte.

Als junges, naives Mädchen ist es so einfach, sich in Italien zu verlieben – mir passierte es, als ich Paolo Maldini zum ersten Mal erblickte. Ich mochte seine langen wilden Haare und die feurigen Augen. Die Seite mit seinem Bild riss ich aus der Bravo Girl, um sie in mein Tagebuch zu kleben und fortan davon zu träumen, wie wir uns gemeinsam in Mailand niederlassen und eine Familie gründen würden. Ich wollte ihm nahe sein, begann in der Mädchenmannschaft Fußball zu spielen und bestand darauf, als Verteidigerin eingesetzt zu werden – auf der Position, die auch Maldini spielte. Ich ging heimlich zum Training, weil meine Eltern schon für meinen Tennisunterricht bezahlten, und ich wusste, dass sie mir nicht erlauben würden, eine neue Sportart zu beginnen. Doch eines Tages stand der Trainer vor unserer Haustür und die ganze Sache flog auf. Ich trollte mich wieder zur Tennisanlage und meine potenzielle Karriere als Fußballerin hatte ein jähes Ende genommen.

Paolo Maldini aber blieb mir erhalten. Der AC Mailand wurde selbstredend mein italienischer Lieblingsverein, und auch wenn Paolo für die Azzurri auflief, wollte ich, dass er blühte und gedieh. So kam es also, dass Italien bei großen Turnieren meine Nation Nummer zwei wurde. Ich bin eine treue Seele und habe Deutschland nie betrogen, doch das schöne Italien stand fortan direkt hinter meinem Heimatland.

Die Beziehung zwischen Paolo und mir reifte; ich war kein verliebter Teenager mehr, der nur von seinen schönen Augen geblendet war. Stattdessen bewunderte ich ihn für seine Fähigkeiten auf dem Platz, seine Vereinstreue, seine ruhige Art und für die Tatsache, dass er niemals in Boulevardblättchen auftauchte, da er in Mailand offenbar ein ganz normales, bodenständiges Leben mit seiner Familie führte. Ein Gentleman, eine Ikone, eine Legende.

2002 trat er aus der italienischen Nationalmannschaft zurück, und sieben Jahre später hängte er seine Fußballschuhe endgültig an den Nagel. Ich verdrückte ein paar Tränen, da ich mir den Wunsch, ihn einmal im San Siro live zu sehen, nicht hatte erfüllen können.

Als Paolo 2013 als Teil eines »All Star Teams« vom AC Mailand nach Indonesien kam, hatte ich nach all den Jahren endlich Gelegenheit, ihn aus nächster Nähe zu erleben. Ich flehte Mikael an, niemand anderen außer mir zu diesem Spiel zu schicken.

»Wen interessiert schon eine Horde alter Kerle, die längst außer Form sind? Glaub mir, du wirst niemanden finden, der sich das Spiel so gerne ansehen wird wie ich. Und natürlich werde ich auch einen großartigen Artikel darüber schreiben, versprochen!«

Irgendwann stimmte er zu. Vermutlich nicht, weil meine Worte ihn überzeugt hatten, sondern weil er endlich seine Ruhe haben wollte.

Ich fuhr mit Jo – zufälligerweise auch ein Maldini-Fan – zum Fußballstadion in Jakarta und war schrecklich aufgeregt.

Wie sich herausstellte, ließ die Organisation zu wünschen übrig: Es war niemand vor Ort, der sich um die Presse kümmerte. Wir bekamen keine Medienausweise und anscheinend würde auch keine Pressekonferenz stattfinden. Meine Stimmung sank auf den Nullpunkt. Die Pressekonferenz mit Paolo Maldini war das, wovon ich geträumt hatte. Am Abend zuvor hatte ich mir einige Fragen überlegt, die ich ihm stellen könnte, und vor dem Badezimmerspiegel geübt, um im Fall der Fälle nicht in einem großen Gestotter zu enden.

Doch trotz der anfänglichen Enttäuschung kam alles besser als erwartet. Aufgrund der chaotischen Organisation gab es so gut wie keine Regeln. Anstatt von der Medientribüne aus das Spiel zu verfolgen, ging ich gemeinsam mit Jo in den Tunnel (als »Assistentin« trug ich sein Stativ für den Fall, dass man mich fragte, was ich dort zu suchen hätte). Als wir die Treppen nach oben liefen und ich den bewölkten Himmel über uns sah, wusste ich: Dieses Spiel wird ein ganz besonderes Erlebnis für mich.

Wir positionierten uns hinter dem indonesischen Tor. Die Atmosphäre im Stadion war elektrisch. Noch nie habe ich mich bei einem Spiel so mittendrin gefühlt. Im Publikum entdeckte ich Banner mit Lobliedern auf Paolo Maldini. Auch Jahre nach seinem Rücktritt ist er in Indonesien noch immer eine Ikone, er wird hoch geachtet und verehrt.

Irgendwann zum Ende der ersten Halbzeit lief er über den gesamten Platz in Richtung gegnerisches Tor, noch immer so ballsicher wie zu seinen besten Zeiten. Er versuchte zum mitgeeilten Stürmer zu flanken, doch der verpasste. Maldini stand keine fünf Meter von mir entfernt. Wäre ich über die Bande gesprungen und zu ihm gerannt, hätte ich ihn berühren, ihn umarmen, ihm gönnerhaft auf die Schulter klopfen können. Doch ich begnügte mich damit, ihn anzustarren. Hoffentlich hatte ich wenigstens meinen Mund geschlossen, sicher bin ich mir da nicht. Ich hörte ihn auf Italienisch fluchen, verärgert über die verpasste Torchance. Es war wundervoll.

Ich war schon einige Male im Fußballstadion in Jakarta. Einmal als Bayern München auf Asientour war, dann als Borussia Dortmund es ihnen gleich tat. Ich habe aber auch Spiele der indonesischen Nationalmannschaft gesehen. Die Fans sind sehr leidenschaftlich, teilweise aggressiv – wohl ohne

Unterschied zu anderen Fußballfans auf der ganzen Welt – und als Indonesien vor einigen Jahren gegen Saudi-Arabien spielte, hatte ich auch Tickets für mich und eine ebenfalls aus Deutschland stammende Freundin besorgt. Als wir uns dem Stadion in einem rot-weißen Menschenmeer (die Farben der indonesischen Flagge) näherten, bemerkte ich, dass ich mit interessierten, teilweise feindseligen Blicken bedacht wurde. Ich wusste gar nicht, wie mir geschah, bis mich jemand direkt ansprach: »Orang Arab, ya?« (Du kommst aus Arabien, nicht wahr?)

Vehement schüttelte ich den Kopf. Indonesisches Blut fließt in meinen Adern, dachte ich verzweifelt. Um weiteren Missverständnissen vorzubeugen, legte ich einen Zwischenstopp bei einem Straßenhändler ein, der indonesische Trikots verkaufte.

Ein anderes Mal war ich mit meinem indonesischen Cousin im Stadion, um mir die Begegnung Indonesien gegen Südkorea anzusehen. Indonesien spielte schlecht und wir wussten bereits nach kurzer Zeit, dass es kein gutes Ende für die Gastgeber nehmen würde. In der Mitte der zweiten Halbzeit begannen hinter uns die ersten Fans, wütend zu werden. Sie warfen ihre Wasserflaschen in Richtung Spielfeld, danach kam es zu hitzigen Diskussionen der Anhänger untereinander. Mein Cousin legte besorgt den Arm um mich, immer die Fans im Auge behaltend. Als die Situation zu eskalieren drohte, zog er mich an der Hand nach draußen.

»Tut mir leid, dass wir nun das Ende verpassen, aber das wurde mir zu gefährlich«, sagte er, als wir sicher in seinem Auto saßen.

2011 standen sich im Finale der SEA Games Indonesien und Malaysia gegenüber, zwei Länder, die sich spinnefeind sind und das leider nicht nur im Fußball. Schon einen Tag vor dem Spiel waren die Tickets ausverkauft, woraufhin wütende Fans die Schalter niederbrannten. Meine Überlegung, mir das Spiel live im Stadion anzusehen, warf ich danach sofort wieder über den Haufen.

Mein absolutes Highlight im Stadion von Jakarta war zweifellos der Auftritt von Maldini – auch wenn seine Profikarriere zu diesem Zeitpunkt bereits beendet war.

Italien ohne Maldini war wie Cola ohne Eiswürfel. Durchaus trinkbar, aber es fehlte der letzte Kick, die Zutat, die es zu etwas Besonderem macht. Zwar schätzte ich Fabio Cannavaro sehr, der Maldini in der Nationalmannschaft als Kapitän ersetzte, doch die Zuneigung zu Italien verblasste ganz allmählich und schleichend. Cannavaro wurde schließlich abgelöst von Andrea Pirlo, ein weiterer Spieler, vor dem ich mich tief verneige, doch auch Pirlo ist nicht mehr der Jüngste.

Wenn Pirlo abtritt, wird auch meine Liebesgeschichte mit Italien beendet sein. Es ist eine Entwicklung, die sich über Jahre hin andeutete und auf die ich mich vorbereiten konnte. Eine Trennung mit Ansage. Deswegen trifft es mich nicht ganz so hart.

Viel schmerzhafter dagegen war die Art und Weise, in der Italien sich von der diesjährigen WM verabschiedet hat. Besonders weh tat es Giorgio Chiellini, der ein weiteres Opfer der unkontrollierten Beißattacken von Luis Suarez wurde. Wenn ich es nicht mit eigenen Augen auf meinem Fernsehschirm gesehen hätte, wieder und immer wieder, in Zeitlupe, in Großaufnahme – ich hätte es nicht geglaubt. Im Grunde ist es urkomisch, aber irgendwie auch wieder nicht. Es ist vollkommen verrückt und so schwer nachvollziehbar, was sich in diesen Augenblicken in Suarez' Kopf abgespielt haben muss. Selbst Iqbal ist enttäuscht von ihm, und das ist fast noch erstaunlicher als die Tatsache, dass Suarez schon wieder zugebissen hat.

Ich bin mir sicher, dass Suarez von der FIFA nachträglich gesperrt wird, denn der Schiedsrichter hat die Attacke nicht geahndet, obwohl Chiellini wie ein Wahnsinniger hinter ihm herrannte und seine Schulter entblößte. Ich weiß, dass Suarez' Mannschaftskameraden nicht die geringste Schuld an seinen Aussetzern tragen, aber ich kann mir nicht helfen und hoffe doch sehr, dass Uruguay im Achtelfinale von Kolumbien besiegt wird.

Was Italien betrifft: Diesem Team kann ich nur mit einem lachenden und einem weinenden Auge hinterhersehen. Macht's gut, ihr Lieben, wir hatten eine schöne Zeit miteinander, aber jetzt werde ich euch endlich gehen lassen. Ich wünsche euch nur das Beste, und vielleicht treffen wir uns irgendwann einmal wieder und schwelgen bei einem Glas Pinot Grigio gemeinsam in Erinnerungen. Ciao, Italia.

Italien gegen Uruguay war das letzte Spiel, das ich mir in Jakarta angesehen habe. Einen Abend später sitze ich nach einem freudestrahlenden Wiedersehen mit Maya im Flieger von Singapur nach Deutschland.

Der Flug nach Frankfurt dauert geschlagene zwölf Stunden, und wir verpassen zähneknirschend die Spiele der Gruppen E und F. Allerdings mit der Gewissheit, dass wir, sobald wir in Berlin ankommen, im Urlaub sind und bis zum Ende der WM alles sehen können, was wir wollen – ohne abends mit schlechtem Gefühl ins Bett zu gehen, weil wir am nächsten Tag wieder schlaftrunken ins Büro taumeln müssen. Mit Freude entdecken wir im Flieger die WM-Ausgaben diverser deutscher Zeitschriften, die so dick sind, dass sie uns eine ganze Weile beschäftigen.

Mama und Papa holen uns in Berlin-Tegel ab. Es ist neun Uhr morgens, Maya und ich fühlen uns gerädert und wünschen uns nichts sehnlicher, als diesen hässlichen, unangenehmen Flugzeuggeruch abzuschütteln.

Nach einer ausgiebigen Begrüßung machen wir uns auf den Weg zu unserem Auto. Das erste, was ich sehe, als wir die

Ankunftshalle verlassen, ist ein riesengroßes Werbeplakat, von dem mich Manuel Neuer verschmitzt anlächelt. Ich zwinkere ihm zu und weiß: Endlich bin ich in Fußball-Deutschland. Während einer WM gibt es keinen besseren Platz auf dieser Welt.

Vor dem Spiel gegen die USA haben die deutschen Medien zwei Lieblingsthemen: Zum einen ist es die anstehende Begegnung von Joachim Löw und Jürgen Klinsmann. Damals gemeinsame Wegbereiter für das unvergessliche Sommermärchen in Deutschland, stehen sie bei diesem Turnier als Widersacher auf dem Feld. Zum anderen findet man ellenlange Abhandlungen zur Schande von Gijón. Obwohl ich mich selbst für einen leidenschaftlichen und auch versierten Fußballfan halte, muss ich meine eigene Schande offen eingestehen: Ich weiß gar nicht, was da eigentlich genau vorgefallen ist.

»Papa«, sage ich und fühle mich wie ein Schulmädchen, das sich scheut, im Unterricht eine Frage zu stellen, weil es Angst hat, von den eigenen Klassenkameraden für seine Dummheit ausgelacht zu werden. »Was war denn da los damals in Gijón?«

Wir sitzen am Frühstückstisch in Mamas und Papas Wohnung im beschaulichen Berlin-Steglitz, und ich weide mich an den frischen Brötchen, dem leckeren Käse und dem saftigen Schinken, während der Kaffee mich wach hält. Es gibt nichts Besseres als ein ausgewogenes Frühstück und nirgends schmeckt es so gut wie bei Mama und Papa zu Hause.

Die Geschichte, die mein Vater mir erzählt, ist hässlich. Sie handelt von Absprache und Schiebung, einem Pakt zwischen Deutschland und Österreich bei der WM 1982, bei dem beide Teams sich stillschweigend darauf geeinigt hatten, den Ball hin- und herzuschieben und somit das Unentschieden zu halten, das beiden reichte, um in die Endrunde des Turniers zu kommen. Leidtragende dieses Übereinkommens waren die Algerier, die aufgrund des Unentschieden ausschieden – wirklich ein peinliches Kapitel der deutschen Fußballgeschichte.

Die momentane Konstellation in unserer Gruppe ließ Befürchtungen aufkommen, dass die USA und Deutschland ein ähnliches Spiel abliefern werden, denn beiden Mannschaften würde auch heute ein Unentschieden genügen, um weiterzukommen. Doch die Schande von Gijón ist nun viele Jahre her und unser jetziges Team trägt daran keine Schuld. Die meisten Spieler waren 1982 noch nicht einmal geboren. Und ganz blöd sind die Jungs ja auch nicht – gerade weil sie wissen, dass die ganze Welt kritisch auf dieses Spiel schauen wird, werden sie sich keine Blöße geben.

Maya und ich sind nach dem langen Flug müde und legen uns nach dem Frühstück für eine Stunde hin. Als der Wecker klingelt, weiß ich im ersten Moment nicht, wo ich bin, bis mir einfällt: Juhu, wir sind in Berlin!

»Maya«, sage ich und rüttele meine Schwester unsanft an der Schulter. »Aufstehen! Sonst können wir heute Nacht nicht schlafen!«

»Bin noch so müde.« Sie dreht sich wieder um, aber ich bleibe unerbittlich.

»Komm, wir können doch ein bisschen in der Schloßstraße rumlaufen, während wir auf das Fußballspiel warten«, schlage ich vor und Maya quält sich aus dem Bett.

Während meiner zwei Jahre in Berlin hatte ich eine kleine Wohnung in Mitte, in einer ruhigen Seitenstraße der Chausseestraße. Ich fühlte mich unglaublich wohl in meinen zwei Zimmern und der offenen Wohnküche und denke bis heute noch mit Wehmut an meine gemütliche Wohnung zurück. Die Lage war einzigartig – um die Ecke gab es den besten Döner in der Stadt – und oft lief ich zur Friedrichstraße, manchmal zur Oranienburger bis zum Hackeschen Markt oder den Heckmannhöfen, und freute mich einfach darüber, in dieser Stadt zu sein.

Manchmal suche ich im Internet nach aktuellen Wohnungsangeboten aus Berlin – nur aus Jux und Dollerei – und letztens habe ich tatsächlich eine in der gleichen Straße gefunden. Die Miete war fast doppelt so hoch wie die, die ich vor sieben Jahren zahlte, und das, obwohl die Wohnung ungefähr die gleiche Größe hatte.

Ich habe mich früher gerne über meine Eltern lustig gemacht, weil sie in Steglitz wohnen, dem Rentnerparadies, wie ich zu sagen pflegte. Inzwischen bin ich aber ein konvertierter Steglitz-Fan. Es mag zwar gutbürgerlich sein, aber sollte man davon genug haben, kann man sich in die U9 setzen und ist in wenigen Minuten in einem anderen Stadtteil mit neuem Flair. Das ist das Schönste an Berlin: Es gibt hier nichts, was es nicht gibt. Spießig, alternativ, progressiv, altmodisch, gutbürgerlich, modern, klassisch – Berlin bietet alles. Überhaupt ist die Stadt geprägt von einer Dynamik, die schwer zu greifen ist. Man merkt einfach, dass sich hier vieles bewegt, dass verschiedene Kulturen aufeinandertreffen und verschmelzen und dass man sich in einer Stadt befindet, in der Geschichte und Gegenwart ganz eng miteinander verwoben sind.

Als Maya und ich die Schloßstraße entlangschlendern, merken wir schnell, wie schön es ist, zur WM in Deutschland zu sein. Die Menschen tragen ihre Trikots, in Vorfreude auf das Spiel am frühen Abend, und jedes Geschäft nutzt die Fußballmanie gnadenlos aus: Es gibt WM-Brötchen beim Bäcker, WM-Kuchen in der Konditorei, WM-Spezialmenüs im Restaurant, WM-Angebote in Supermärkten, Apotheken, Spielwarenläden und Modeboutiquen. Fast jedes Schaufenster ist in Schwarz, Rot und Gold dekoriert und alle fünf bis zehn Meter sehen wir diverse Werbeplakate mit unseren WM-Stars.

In solchen Momenten tun mir immer diejenigen leid, die sich rein gar nicht für Fußball interessieren. Wie das überhaupt möglich sein kann, verstehe ich zwar nicht, aber dieses

Übermaß an Fußball und allem, was auch nur im Entferntesten damit zu tun hat, muss für Fußballhasser eine regelrechte Qual sein.

Maya und ich aber schwimmen mit dem Strom und sind begeistert, als wir im Supermarkt entdecken, dass die Cola-Flaschen mit den Namen unserer Spieler versehen sind. Ich suche verzweifelt nach einer Flasche mit der Aufschrift »Wir alle trinken 'ne Coke auf Bastian«, werde aber selbst in der hintersten Ecke des Regals nicht fündig und muss mich damit zufrieden geben, zunächst einmal auf Jerome, Mats und Sami anzustoßen – ist ja auch was Schönes, denke ich, als wir das eiskalte Getränk hinunterstürzen und dabei unserem Videoritual treu bleiben.

Lukas Podolski und Bastian Schweinsteiger stehen heute tatsächlich gemeinsam in der Startelf. Ja, befinden wir uns denn wieder im Sommermärchen? Ist die Zeit stehengeblieben oder hat sich Sönke Wortmann mit seiner Kamera irgendwo hinter der Trainerbank versteckt?

Nach seinem überzeugenden Debüt gegen Ghana hat sich Schweinsteiger seinen Startplatz mehr als verdient. Ich würde gerne beide, Schweinsteiger und Khedira, auf dem Platz sehen, zusammen, so wie wir sie kennen und lieben, aber momentan müssen wir anscheinend entweder mit dem einen oder dem anderen vorlieb nehmen.

Auch Lukas Podolski habe ich richtig gern, besonders dieses jungenhafte Grinsen und seine unbekümmerte Art.

Und dann war da auch noch die Sache mit unserem gemeinsamen Foto. Der FC Arsenal, sein jetziger Verein, kam in der Sommerpause 2013 nach Jakarta, um gegen die indonesische Nationalmannschaft anzutreten. Ähnlich wie vor dem Spiel gegen die Mailänder All Stars flehte ich Mikael an, ein Interview mit Podolski für mich klarzumachen. Er versprach, sein

Bestes zu geben, und nach monatelangem Bemühen winkte er mich im Büro zu sich. »Du kannst das Interview machen! Arsenal wird eine Trainingseinheit mit indonesischen Kindern absolvieren. Danach kannst du Lukas Podolski interviewen«, sagte er und ich musste mich erst einmal hinsetzen, da ich befürchtete, einen Schwächeanfall zu bekommen. Jo, der von der Sache Wind bekommen hatte, bot gleich an, mitzukommen und Fotos zu machen.

Ein Interview mit Lukas Podolski, das war eine feine Sache, um nicht zu sagen, ein Traum. Aber wie so oft in Indonesien kam alles ganz anders als geplant. Als der große Tag endlich da war, machte ich mich auf den Weg ins Stadion, bewaffnet mit einer Liste von Fragen, meiner Kamera und dem unentbehrlichen Aufnahmegerät.

Eine junge Frau vom Organisationsteam nahm mich in Empfang. »Ach, Lara, wie gut dass du überpünktlich bist. Es geht gleich schon los, das Programm hat sich in letzter Minute geändert.«

Sie zog mich auf das Feld. In der Ferne sah ich Per Mertesacker und hätte ihm beinahe zugewinkt, weil man ja doch irgendwie denkt, dass die Profis und wir Fans wie eine große Familie sind.

»Warte hier«, befahl das Mädchen. Nach ein paar Minuten kam sie zurück. »Tut mir leid, es wird kein Interview geben. Aber du kannst gleich, wenn Podolski vom Feld kommt, mit den anderen Journalisten zu ihm gehen und versuchen, deine Fragen zu stellen«, teilte sie mir in unbekümmertem Tonfall mit, ohne zu wissen, dass sie mir gerade gründlich den Tag versaut hatte.

»Aber ich dachte ...«, wollte ich einwenden, aber sie unterbrach mich sofort.

»Da, schau, er kommt gerade vom Platz, schnell, geh du erstmal zu ihm, und ich versuche herauszufinden, was passiert ist.«

Ich stürzte mit einigen anderen Journalisten auf Podolski zu, kramte in meiner Tasche nach dem Aufnahmegerät und hielt es ihm vor die Nase, während die anderen ihre Fragen stellten. Ich hatte noch nicht einmal Zeit, Jo anzurufen, um ihm zu sagen, dass er sich beeilen müsse, wenn er noch gute Fotos von Podolski machen wolle.

Aus den Augenwinkeln suchte ich meine Begleiterin und entdeckte sie schließlich einige Meter zu unserer Rechten, wo sie mit einem großgewachsenen Engländer diskutierte. Sie bedeutete mir schließlich, zu ihr zu kommen.

»Dies ist die Journalistin, die eigentlich ein Interview mit Lukas Podolski bekommen sollte«, erklärte sie.

»Tut mir leid«, wandte sich der Engländer nun direkt an mich. Er gehörte sicher zur Presseabteilung von Arsenal. »Wir haben leider keine Zeit mehr. Es lief nicht alles nach Plan heute.«

Ich war natürlich maßlos enttäuscht. Dann hörte ich mich Worte sagen, von denen ich nie geglaubt hätte, dass sie jemals meinen Mund verlassen würden. »Schade, denn ich komme auch aus Deutschland und hätte mich sehr gefreut, ihn zu interviewen. Aber wenn das schon nicht klappt, könnten Sie wenigstens dafür sorgen, dass ich ein Foto mit ihm machen kann?«

Die Journalistin in mir schämte sich, schließlich war ich beruflich hier und musste am Abend auch einen Artikel abliefern. Aber der Fußballfan in mir freute sich wie eine Schneekönigin, als der Engländer nickte und sagte: »Kein Problem.«

Dann ging auf einmal alles ganz schnell. Er rief Podolski auf Englisch. »Hey Lukas, kommst du mal kurz? Hier ist eine junge Dame aus Deutschland, die gerne ein Foto mit dir machen würde!«

Lukas näherte sich, warf mir einen Blick zu, und winkte mich zu sich. Leider war er von zwei Sicherheitsbeamten abgeschirmt, die mich partout nicht zu ihm lassen wollten.

»Komm her, Mädchen!«, rief er schließlich, und ich kämpfte mir den Weg zu ihm frei, drückte einem anderen Journalisten meine Kamera in die Hand und stellte mich neben Lukas.

Ich erwartete seinen obligatorischen Daumen hoch, aber stattdessen legte er den Arm um mich, wir lächelten in die Kamera, ich sagte artig »Danke«, er antwortete »Bitte« und schon war der Moment vorbei und Lukas verschwunden.

Mit einem Podolski-Grinsen im Gesicht bewegte ich mich Richtung Ausgang. Hatte Lukas gerade wirklich »Komm her, Mädchen!« gesagt? Ganz schön frech, dachte ich, wenn man mal bedenkt, dass er fünf Jahre jünger ist als ich.

Auf dem Parkplatz kam mir Jo entgegen.

»Es ist schon vorbei«, sagte ich. »Aber keine Sorge, du hast nichts verpasst, das Interview hat gar nicht stattgefunden.«

»Ach, wirklich nicht?« Jo sah genauso enttäuscht aus wie ich vor einer halben Stunde, aber ich lächelte ihn selig an, holte meine Digitalkamera aus der Tasche und zeigte ihm stolz das Foto von Podolski und mir.

»Das ist alles?« Jo schien alles andere als beeindruckt zu sein. Beleidigt nahm ich ihm die Kamera wieder aus der Hand.

»Es gab auch ein Gruppeninterview, aber dieses Foto hat wirklich alles getoppt.«

Jo fing an zu lachen. »Bist du ein Groupie, oder bist du eine seriöse Journalistin?«

»Wenn es um Fußball geht, bin ich beides.«

Der gleiche Lukas Podolski also, der damals in Jakarta so nett war, ein Foto mit dem deutschen Mädchen zu machen, steht nun in Recife auf dem Platz – neben Bastian Schweinsteiger natürlich –, während die deutsche Nationalhymne ertönt, und ich einen Schluck aus der Jerome-Colaflasche trinke.

Eigentlich hat Podolski seinen Stammplatz in der Nationalmannschaft bereits verloren. Andere, jüngere Spieler haben ihn aus der Startelf verdrängt, und trotzdem kommt er bestens damit zurecht – er ist immer gut gelaunt, macht Witze, teilt über soziale Netzwerke Fotos mit den Fans, und wirkt dankbar, in Brasilien dabei sein zu dürfen. Ich wünsche ihm ein gutes und anständiges Spiel.

Gerade hat Nigel eine Nachricht aus Jakarta geschickt. »Ich bin Inder, habe die amerikanische Staatsangehörigkeit, halte aber heute trotzdem zu den Deutschen«, teilt er mir mit.

Ich bin richtig stolz auf meine erfolgreiche Werbekampagne für die deutsche Nationalmannschaft.

Alice zum Beispiel hat mir vorhin erzählt, dass sie auf Twitter nun Mats Hummels, Bastian Schweinsteiger, Mesut Özil, Thomas Müller und – natürlich – Jerome Boateng folgt. Das nenne ich mal vorbildlich und lege ihr ans Herz, auch Manuel Neuer und Poldi zu dieser Liste hinzuzufügen.

Jetzt aber lege ich mein Handy wie immer zur Seite. Bloß keine unnötigen Ablenkungen während des Spiels.

Jürgen Klinsmann hat bereits gestern verkündet, dass er beide Nationalhymnen mitsingen wird, die amerikanische und die deutsche. Als ob man seine Aussage auf Richtigkeit überprüfen will, wird er nun ständig eingeblendet – und er hält Wort.

Zum Glück sitzen wir zu viert bei uns in Berlin im Wohnzimmer. Hier gibt es niemanden, der sich auch nur im Geringsten dafür interessiert, warum gewisse Spieler bei der Hymne nicht mitsingen.

Maya hat ein gutes Gefühl, wie sie mir noch schnell zuflüstert, und ich bin bei diesem Spiel, im Gegensatz zu den ersten beiden, relativ gelassen. Heute müsste einiges schiefgehen, damit uns das Achtelfinale verwehrt wird, auch wenn wir es nur als Gruppenzweiter erreichen. Vielleicht bin ich aber auch nur so ruhig wegen des Jetlag und der Müdigkeit, die sich langsam in meinem ganzen Körper ausbreitet; ich kann es nicht genau sagen.

Die Wetterbedingungen scheinen angenehmer zu sein als beim ersten Spiel. Anstelle des strahlenden Sonnenscheins regnet es heute in Strömen. Die Luftfeuchtigkeit ist zwar immer noch hoch, aber ich kann mir vorstellen, dass die deutschen Spieler mit dem Regen besser umgehen können als mit lähmender Hitze, auch wenn die Platzverhältnisse heute sicher nicht die einfachsten sind.

»Jetzt nur nicht ins Schwimmen geraten«, denke ich und fange kurz an zu kichern – dieser dumme Witz ist sicherlich ein Nebeneffekt der Müdigkeit.

Doch nun wird es ernst. Augen aufreißen, högschde Konzendration, das Spiel wird angepfiffen.

Nach den ersten Minuten bin ich recht zufrieden mit dem Spiel der Deutschen – alles, was passiert, passiert in der gegnerischen Hälfte. Boateng hat gleich zu Beginn einige gute Aktionen nach vorne. Vielleicht schlummert in ihm ja doch das Talent, Philipp Lahm den Rang als bester deutscher Außenverteidiger abzulaufen? Nein, ich denke, er ist in der Innenverteidigung besser aufgehoben, doch es ist beruhigend zu wissen, dass er seine Aufgaben auf der Außenbahn durchaus ernst nimmt und auch den nötigen Biss besitzt, diese anständig zu erfüllen.

Jogi ist am Spielfeldrand schon so vom Regen durchnässt, dass ich mich besorgt frage, ob er wohl ein zweites Hemd dabei hat, denn sonst kann er sich ganz schnell erkälten.

Das Spiel nach vorne ist schon recht ansehnlich, wir warten auf gute Torchancen. Da! Nein! Mertesacker und Höwedes stehen sich gegenseitig im Weg! Miro wäre das sicher nicht passiert, denke ich, aber es gilt, positiv zu bleiben. Dummerweise zückt der Schiedsrichter in just diesem Augenblick die Gelbe Karte für Höwedes, der seinem amerikanischen Gegenspieler Johnson von hinten in die Beine tritt. Na, hoffentlich wird sich das nicht noch rächen.

Die USA haben nun leider auch besser ins Spiel gefunden, aber trotzdem geht noch keine ernst zu nehmende Gefahr von der Mannschaft aus. Die Klinsmänner sind zwar deutlich bemüht, aber die Löwschen Jungs stehen defensiv sehr geordnet.

Erst einige Minuten später kommt es, auf beiden Seiten, zu zwingenderen Aktionen, doch wirklich vom Sessel reißt uns das alles nicht. Ob das wohl auch an meinem Jetlag liegt?

Nach den ersten zwanzig Minuten ist jedenfalls eines klar: Weder Deutschland noch die USA spielen hier auf ein Unentschieden. Wenigstens die Schande von Gijón wird sich heute nicht wiederholen.

Mit Wohlwollen betrachte ich auch Bastian Schweinsteiger, der fleißig das Spielfeld beackert und versucht, Ordnung ins Mittelfeld zu bringen, aber leider auch gerne und oft von den Amerikanern gefoult wird. Jedes Mal, wenn er zu Boden geht, bleibt mir das Herz stehen vor Schreck. Das ging mir auch schon bei Sami Khedira so, in den Spielen gegen Portugal und Ghana. Das Letzte, was wir brauchen, ist eine weitere Verletzungspause unserer beiden Sechser.

Ich werfe meinen Eltern einen verstohlenen Blick zu. Papa ist angespannt, während Mama auf emotionale Unterstützung durch Zurufe und Klatschen für unsere Jungs baut. Maya, die neben mir sitzt, zeigt kaum eine Gefühlsregung. Immerhin wirkt sie ruhig.

Özil hat die bislang beste Chance in der 35. Minute, doch sein Schuss ist etwas zu unpräzise, so dass der amerikanische Torwart Howard abwehren kann. Schade. Gerade Mesut, der ja schon seit einiger Zeit in der Kritik steht, hätte ich ein Tor gegönnt.

So aber gehen die Teams mit einem torlosen Unentschieden in die Halbzeitpause. Ich überlege, ob ich mir einen Kaffee machen soll, entscheide mich aber, ein Bier zu trinken – der Kaffee würde mir ohnehin nicht helfen, wacher zu werden, also kann ich es auch gleich mit Alkohol versuchen.

Maya und ich verdrücken uns auf die Terrasse für die obligatorische Zigarettenpause.

»Podolski«, sagt sie nur.

Maya hat offenbar keine Zeit für vollständige Sätze, aber ich glaube, ich weiß, was sie mir mitteilen will. »Ich glaube auch, dass er ausgewechselt wird«, antworte ich mit einem Anflug von Bedauern in der Stimme. »Irgendwie ist das nicht sein Tag heute. Er findet nicht so richtig ins Spiel.«

Und tatsächlich, als wir pünktlich zur zweiten Halbzeit wieder auf dem Sofa sitzen, sehen wir, dass Löw unsere Meinung geteilt hat – anstatt Podolski steht nun Klose auf dem Feld und versucht, ein wenig Unruhe im gegnerischen Strafraum zu verursachen.

Es hat aufgehört zu regnen, doch der Platz ist sicher noch nass und rutschig. Ob es daran liegt, dass jetzt noch weniger Tempo in der Partie ist?

Jetzt erst einmal Freistoß von Toni Kroos, der allerdings keinen Abnehmer findet. Schweinsteiger hält den Ball im Spiel, flankt in den Strafraum, wo Davis zur Ecke klärt. Diese wird von Özil ausgeführt: kurze Ecke auf Kroos, der zurück auf Özil, der wiederum auf Mertesacker flankt. Der lange Per macht sich noch länger, als er ohnehin schon ist, und mit voller Wucht und einem fiesen Aufpraller schießt sein Kopfball auf das Tor zu. Howard lässt sich allerdings nicht auf den Arm nehmen und kann abwehren. Leider nur bis zu den begnadeten Füßen von Thomas Müller, der an der Strafraumgrenze steht und von dort den Ball ins Tor befördert.

Ich bin mehr erleichtert als grenzenlos glücklich, klatsche mich mit Maya und meinen Eltern ab und verstehe ehrlich gesagt gar nicht, wieso der Müller da so seelenruhig und etwas abseits vom Geschehen auf dem Platz rumstand, wo er doch normalerweise immer mitten im Getümmel ist – und wie es sein kann, dass er trotzdem goldrichtig lag und dann ganz humorlos Deutschland in Führung gebracht hat?

Andererseits bin ich auch froh, dass Müller getroffen hat,

denn das ist ihm im Spiel gegen Ghana nicht gelungen. Da hat man sich ja fast schon Sorgen um ihn gemacht! Jetzt aber ist klar: Alles nur Fehlalarm, der Thomas kann immer noch Tore schießen. Das wird im weiteren Verlauf des Turniers noch wichtig sein. Ronaldo macht sich ja durchaus berechtigte Sorgen, dass Klose seinen Rekord bricht – das Spiel läuft noch weitere 35 Minuten, da kann noch einiges geschehen – aber wie lustig wäre es, wenn Thomas Müller ihn auch noch überholen würde! Wenn ich es jemandem zutraue, dann ihm, dem langen Lulatsch, der so unkonventionell Fußball spielt, und das so wahnsinnig gut. Na gut, vielleicht noch nicht bei dieser WM, aber dann spätestens in vier Jahren.

Mit dem Führungstor im Rücken ist die letzte halbe Stunde einigermaßen erträglich. Schweinsteiger wird immer noch oft gefoult; verbissen steht er immer wieder auf, wirkt aber dennoch leicht angeschlagen und wird folgerichtig in der 76. Minute vom Platz genommen. Ich bin äußerst zufrieden mit ihm, er ist definitiv auf dem richtigen Weg und hat nach einer leidenschaftlichen Vorstellung wohl auch seinen Stammplatz sicher. Für ihn kommt Mario Götze – ob der noch einmal etwas Schwung in die Partie bringen kann?

Es sieht aber gar nicht so aus, als ob die Deutschen ganz unbedingt noch ein zweites Tor erzwingen wollen. Vielmehr verwalten sie ihr 1:0, was für die Zuschauer nicht gerade ansprechend ist. Aber mir ist das ziemlich egal, solange wir am Ende als Sieger vom Platz gehen.

Auch die Amerikaner sehen so aus, als könnten sie mit einer knappen Niederlage gut leben. Schließlich würde auch ihnen dieses Ergebnis reichen, um weiterzukommen. So plätschert das Spiel mit einigen Halbchancen vor sich hin. Kurz vor Abpfiff kommt Andre Schürrle für Mesut Özil, der bei seiner Auswechslung schon wieder so traurig aussieht, dass ich ihn am liebsten in den Arm nehmen würde.

Erst in der Nachspielzeit gibt es noch einmal Aufregung, als die USA zwei gute Chancen hintereinander haben. Die Kamera schwenkt auf Löw. Meine Güte, der sieht aber gar nicht begeistert aus. Kann ich auch irgendwie verstehen. Es wäre wirklich ärgerlich und zudem vollkommen unnötig gewesen, kurz vor Schluss noch ein Tor zu kassieren. Aber ist ja zum Glück nichts passiert – trotzdem bin ich mir sicher, dass Jogi dazu später in der Kabine noch einiges zu sagen haben wird.

Als es vorbei ist, fühle ich mich mal wieder so, wie die meisten Spieler aussehen: total schlapp, aber zufrieden mit dem Ergebnis. Sicher gibt es noch einiges zu verbessern, doch ich kann mir darüber jetzt keine Gedanken machen. Das soll mal lieber der Jogi übernehmen. Ist ja schließlich auch sein Job, nicht meiner.

Das Achtelfinale zu erreichen, war Pflicht. Diese erste Hürde ist also genommen. Doch es ist noch ein weiter, beschwerlicher Weg zum Titel, da, wo wir alle unbedingt hinwollen.

Eigentlich hatten Maya und ich vor, uns auch die Begegnungen der Gruppe H anzusehen, schließlich geht es hier um potenzielle Achtelfinalgegner der deutschen Mannschaft, doch kurz vor Spielbeginn können wir unsere Augen kaum noch aufhalten und entscheiden, dass unser Bett mit weichen Kissen und Nackenrollen sehr viel verlockender ist als Algerien gegen Russland. Was keine Beleidigung dieser beiden Fußballnationen sein soll, wirklich nicht, wir können nichts dafür; unserem Jetlag ist es leider herzlich egal, ob wir noch neunzig Minuten durchhalten müssen oder nicht.

»Gute Nacht«, sage ich noch zu Maya, als wir uns schon unter die Decke gekuschelt haben. »Wir haben es geschafft!«

Damit meine ich nicht nur Deutschlands Einzug ins Achtelfinale, sondern auch unsere eigene Ankunft in Berlin. Doch ihre Antwort, wenn sie mir überhaupt eine gegeben hat, höre ich nicht mehr, denn einen Moment später bin ich schon im Reich der Träume angelangt.

Deutschland – Algerien (2:1 n.V.)

Ich beschwere mich selten. Meistens lasse ich alles still über mich ergehen, auch wenn mir etwas nicht passt, und das gilt für alle Bereiche meines Lebens. Wenn das Essen im Restaurant ungenießbar ist, würge ich es trotzdem runter und schicke es nicht zurück in die Küche. Wenn man mich im Geschäft unhöflich behandelt, schnauze ich nicht zurück, sondern verlasse gekränkt den Laden (meistens liegt das auch daran, dass mir die passende Antwort erst Stunden später einfällt).

In zwischenmenschlichen Beziehungen ist es ähnlich. Ich lasse mir sehr vieles gefallen. Sobald allerdings die Schmerzgrenze einmal überschritten wurde, gibt es kein Zurück mehr. Wenn ich einmal vollends das Vertrauen in jemanden verloren habe, wird es für immer verloren bleiben.

In einer Hinsicht bin ich dabei äußerst empfindlich und habe auch gelernt, den Mund aufzumachen: jegliche Art von Rassismus.

Früher habe ich Mama manchmal gefragt: »Warum bin ich so braun? Warum sehe ich nicht so aus wie die anderen Kinder in meiner Klasse?«

Im Nachhinein tut es mir natürlich leid, dass ich meiner Mutter solche Fragen gestellt habe, weil ich die dunklere Hautfarbe, mit der ich inzwischen sehr gut leben kann, von ihr geerbt habe. Aber damals wollte ich nicht auffallen und hatte nur den Wunsch, mich unauffällig einreihen zu können.

In Bonn stand ich einmal in einer Bäckerei und die Verkäuferin fragte mich: »Was darf's denn bei Ihnen sein?«

Ich war mir noch nicht sicher, ob Laugenbrezel oder Käsebrötchen und zögerte einen Moment mit meiner Antwort. »Was ist los? Du nicht sprechen Deutsch, oder was?«, rief die Verkäuferin daraufhin.

In diesem Augenblick verschlug es mir tatsächlich vollends die Sprache und ich verließ ohne ein weiteres Wort das Geschäft. Erst im Nachhinein fielen mir tausend Dinge ein, die ich ihr in diesem Moment gerne an den Kopf geknallt hätte.

Ein anderes Mal, als wir noch im Sauerland lebten, besuchte ich mit Maya und meinen Eltern das Schützenfest in der Innenstadt. Am Abend durfte Maya mit ihren Freunden weiterziehen, ich musste früher nach Hause. Während meine Mutter noch die Schaufenster betrachtete, stand ich bereits an unserem Auto und wartete darauf, dass Mama und Papa nachkamen. Ein älterer Herr näherte sich. Seinem schwankenden Gang nach zu urteilen hatte er schon einige Schnäpse zu viel getrunken. Als er mich neben dem Auto stehen sah, kam er auf mich zu. »Was machst du da?«, fragte er und packte mich an den Schultern. Ohne meine Antwort abzuwarten, drehte er sich um. »Das Ausländergör will ein Auto klauen!«, rief er. Da niemand in der Nähe war, zog er schließlich weiter, vielleicht um Verstärkung zu holen oder gar der Polizei Bescheid zu geben, aber Mama und Papa kamen um die Ecke, wir stiegen ins Auto und fuhren nach Hause. Ich erzählte ihnen nichts von dem, was vorgefallen war.

Auch als ich Jahre später in der U-Bahn von einem betrunkenen Mann angespuckt und als Ausländerin beschimpft wurde, blieb ich still und fühlte mich elend.

Doch irgendwann wurde mir klar, dass ich endlich den Mund aufmachen muss. Meine ehemalige Französischlehrerin hatte mir einmal gesagt, ich sei aufgrund meiner Gestik und Körpersprache ein klassischer Opfertyp. Das hat mich ganz schön schockiert, obwohl ich mir nach kurzer Überlegung eingestehen musste, dass sie wohl Recht hatte. Das musste ich ändern.

Die Gelegenheit dazu kam in Jakarta, als ich am Lufthansa-Schalter für meinen Flug nach Deutschland einchecken wollte.

Die Schlange war relativ lang, und als ich endlich an der Reihe war, bemerkte ich, wie ein Mann sich vordrängeln wollte. Vielleicht hatte er mich aber auch nicht gesehen.

Seine Frau hielt ihn am Arm fest. »Warte, das braune Äffchen ist noch vor uns dran«, sagte sie.

Es dauerte eine kurze Weile, bis ich begriff, dass sie mit dem »braunen Äffchen« mich gemeint und wohl nicht erwartet hatte, dass ich Deutsche bin und sie allzu gut verstehen konnte. Ich drehte mich zu ihr um. »Ja, sehr richtig, das Äffchen steht schon seit einer Dreiviertelstunde hier an und wird auch für eine so arrogante Ziege wie Sie keinen Platz machen.«

Anderen wäre vielleicht eine gewitztere Antwort eingefallen, aber ich freute mich trotzdem, besonders über ihren überraschten und dann beschämten Gesichtsausdruck.

Seither fällt es mir leichter, mich auch einmal zu wehren.

Maya hat ebenfalls einige negative Erfahrungen gemacht. Einmal wurde sie bei einem Stadtfest als »Mulattin« beschimpft. Ein anderes Mal saß sie während eines Besuchs bei einer Freundin in der Münchener Straßenbahn, als plötzlich ein Mann auf sie zukam und sie verbal beleidigte. Sie entschloss sich, in ein anderes Abteil umzuziehen, doch der Mann folgte ihr und wurde handgreiflich. Er packte sie am Arm, dann zog er an ihren Haaren. Das Schlimmste war, dass niemand es für nötig hielt, einzugreifen, obwohl die Straßenbahn relativ gut gefüllt war.

»Sicher eine Familienangelegenheit«, hörte sie eine junge Frau zu ihrer Sitznachbarin sagen.

Nur ein älterer Herr kam ihr schließlich zu Hilfe und rief auch die Polizei. Doch da war der Übeltäter längst abgehauen.

In dieser Hinsicht fühle ich mich in Indonesien um einiges wohler. Viele meiner Freunde aus Deutschland fragen mich, ob Jakarta nicht ein gefährliches Pflaster sei – was es nicht ist! –, aber, ehrlich gesagt, glaube ich, dass mir ein Indonesier im

Notfall eher behilflich wäre als ein Deutscher. Natürlich kann ich mich da aber auch täuschen.

Unter dem Strich kann ich sagen, dass ich sehr empfindlich bin, wenn es um Rassismus geht, und zwar auch beim Fußball. Ich werde fuchsteufelswild, wenn jemand Rassismus kommentiert mit Sätzen wie: »Das ist doch ganz normal, das ist immer schon so gewesen, und auf einmal wird so viel Aufhebens darum gemacht« oder »dieser Spieler verdient Millionen im Fußballgeschäft und weiß, dass er im Rampenlicht stehen wird. Da muss er auch mit so etwas umgehen können«.

Ich kann nur eines sagen: Wer noch nie die Erfahrung gemacht hat, allein aufgrund seiner Hautfarbe beleidigt oder beschimpft zu werden, der kann nicht im Geringsten nachvollziehen, was für ein hässliches, demütigendes Gefühl das ist.

Aus diesem Grund habe ich auch einen »soft Spot« für den Fußballer Mario Balotelli, der als Sohn ghanaischer Immigranten in Italien geboren und später adoptiert wurde. Er mag ein umstrittener Spieler sein, was seine Leistungen betrifft, doch wenn ich lese, dass er regelmäßig rassistischen Sprechchören in Italiens Stadien ausgesetzt ist, schlägt mir das sehr auf den Magen.

Meine eigenen Erfahrungen in dieser Hinsicht waren zwar nicht der ausschlaggebende Grund dafür, dass ich nach meinem Studium sofort nach Indonesien gezogen bin, aber sie haben sicherlich in meinem Unterbewusstsein dazu beigetragen.

Nach dem Spiel gegen die USA begehe ich den Fehler, mir Nutzerkommentare auf Facebook durchzulesen, die zum Spielbericht des DFB ins Netz gestellt wurden. Eine Userin ist wegen des »Ausländerbefalls« im deutschen Team auf die Barrikaden gegangen.

Ich verstehe nicht, warum der Bundestrainer nicht auf die Spieler zurückgreift, die wir noch im Team haben, aber die ganze Zeit nur auf der Bank gesessen haben. Stattdessen muss ich sehen, wie die ganzen Türken, Albaner, Tunesier und Polen, die sich irgendwie in das Team eingeschlichen haben, mittelmäßige Leistungen abliefern. Mit so einer Mannschaft, in der die richtigen Deutschen überhaupt nicht zum Zuge kommen, wird man die WM sicher nicht gewinnen. Und selbst wenn das Wunder eintreten sollte, werde ich mich nicht freuen können – das ist keine Mannschaft, mit der ich mich identifizieren kann und will. Sie besteht fast nur noch aus Ausländern und hat mit Deutschland nichts mehr zu tun.

Ich bin wütend, als ich das lese, denn ich fühle mich auch persönlich angegriffen. Schließlich fließt nicht nur deutsches, sondern auch asiatisches Blut in meinen Adern, und trotzdem wurde ich in Frankfurt geboren und habe einen deutschen Pass, der mir rechtmäßig zusteht. Ich sehe vielleicht nicht typisch deutsch aus, aber was heißt das heutzutage überhaupt noch?

Zumindest haben andere User schon reagiert und sind ähnlich empört wie ich. Trotzdem nehme ich mir die Zeit, eine Nachricht an Facebook zu schicken, mit der Bitte, diese Sache einmal genauer zu überprüfen.

Ich glaube zwar nicht, dass das weitreichende Konsequenzen haben wird, schließlich gibt es ja auch noch die Meinungsfreiheit, aber ich fühle mich dennoch ein wenig besser, weil ich etwas unternommen habe. Rassismus sollte weder auf dem Fußballplatz noch sonst irgendwo toleriert werden. Leider ist es nicht einfach, dagegen vorzugehen, da viele Vorfälle gar nicht erst gemeldet werden. Allerdings bin ich mir sicher, dass selbst die kleinsten Schritte im Endeffekt Großes bewirken können; man muss nur einen Anfang machen.

Wie eben damals Kevin-Prince Boateng, als er schnurstracks vom Platz marschierte, nachdem er rassistisch beleidigt worden war. Bravo, dachte ich damals, gut so! So etwas muss man sich nicht gefallen lassen.

Es gab da mal einen ähnlichen Vorfall mit HSV-Stürmer Paolo Guerrero. Der Peruaner war nach einem Ligaspiel von einem Fan beleidigt worden. Es sollen massive Beschimpfungen rassistischer und auch homophober Art gewesen sein. Guerrero bewarf daraufhin den Mann mit seiner Wasserflasche und wurde für fünf Spiele gesperrt. Doch alles, was ich denken konnte, war: Schade, dass die Flasche schon fast leer war, eine volle hätte sicher um einiges mehr wehgetan.

Die Fußball-WM ist in jeder Hinsicht wundervoll. Ganz besonders gut gefällt mir aber, dass sich unser Terminkalender nach den Spielen richtet. So müssen wir uns nicht großartig mit langwierigen Planungen auseinandersetzen, der Fußball hat das für uns übernommen. Nur an den Tagen, an denen keine Spiele angesetzt sind, können wir uns mit Freunden verabreden oder durch die Stadt ziehen, oder auch tagsüber, bevor es abends mit den Begegnungen wieder losgeht.

Vor dem ersten Achtelfinale Brasilien gegen Chile machen Maya und ich uns auf den Weg nach Schöneberg. Am Viktoria-Luise-Platz setzen wir uns in ein Café und genießen den Berliner Sommertag, indem wir uns ein zweites Frühstück bestellen. Dazu genehmigen wir uns ein Glas Weißwein, schließlich sind wir im Urlaub.

»Wenn ich jemals nach Berlin ziehen sollte, will ich in Schöneberg wohnen«, verkündet Maya, während sie den Lachs mit Meerrettich bestreicht.

»Oh, schön, kann ich bei dir einziehen?«, will ich von ihr wissen und bin selbst überrascht von dieser Frage, denn noch vor einigen Jahren hätte ich mir eine Rückkehr nach Deutschland niemals vorstellen können. Manche Geschwister könnten sich sicherlich auch nicht mit dem Gedanken anfreunden, wieder zusammen unter einem Dach zu leben, aber ich würde mir mit Maya sofort wieder eine Wohnung teilen.

»Natürlich«, antwortet Maya ohne zu zögern. »Am besten wäre natürlich ein kleines Haus oder eine Wohnung mit eigenem Gartenanteil, damit Popeye genug Auslauf hat.«

Popeye, mein Hund, den ich während meines Deutschland-Urlaubs bei Freunden in Jakarta untergebracht habe, ist also schon fest mit eingeplant. Ich glaube, auch Popeye würde es in Berlin gut gefallen. Jakarta ist nicht sehr hundefreundlich. Hunde gelten im Islam als unrein und viele Moslems haben Angst vor ihnen. Außerdem gibt es nicht viele Grünflächen in Jakarta und oft auch keine Bürgersteige. Spaziergänge mit Popeye können anstrengend sein, wenn wir uns zwischen Autos und Motorrädern einen Weg bahnen müssen. Von daher wäre eine Wohnung mit kleinem Garten in Berlin natürlich ein Traum.

»Klingt super«, entgegne ich. »Aber leider auch ganz schön teuer.«

Maya lacht und nickt zustimmend. »Wenn wir dann also in unserer Zweizimmerwohnung hocken und Popeye aus lauter Frust das Wohnzimmer auseinandernimmt, weil er nicht genug Bewegung hat, können wir uns daran erinnern, wie wir heute am Viktoria-Luise-Platz dekadent ein zweites Frühstück bestellt und von einem Haus mit mindestens vier Zimmern geträumt haben.«

Von Schöneberg fahren wir weiter zum Brandenburger Tor, um die Fanmeile zu besuchen. Kaum eine Menschenseele ist heute hier. Kein Wunder, schließlich ist es ein Uhr mittags, ganz schön heiß, und die Spiele beginnen erst in einigen Stunden. Die Buden sind noch geschlossen, und als wir die Straße des 17. Juni in Richtung Siegessäule entlangschlendern, sehen wir nur einige einsame Stände, die Fanartikel verkaufen.

Wir sind bewusst heute gekommen. Irgendwie finde ich, man muss zumindest einmal auf der Fanmeile gewesen sein, aber ich kann mir das nicht antun, wenn tatsächlich gerade ein Spiel stattfindet – schon gar nicht bei deutscher Beteiligung. Es sieht im Fernsehen zwar immer recht beeindruckend aus, wenn eine riesige Menschenmenge gleichzeitig aufspringt und jubelt, doch um nichts in der Welt möchte ich mich in der Masse befinden, schweißgebadet und ohne Ausweichmöglichkeit nach links, rechts, hinten oder vorne.

In der Ferne sehen wir das Riesenrad. Ich gebe Maya einen Stoß in die Seite. »Weißt du noch?«, frage ich.

Bei der WM 2006 in Deutschland waren wir schon einmal auf der Fanmeile – die damals um einiges länger war – und wurden prompt von einem Journalisten angesprochen, der Videos für eine Fußball-Webseite produzierte und uns einige Fragen stellen wollte. Wir drucksten ein bisschen herum, waren nicht allzu begeistert, wollten aber auch nicht unfreundlich sein. Nachdem wir uns also bereit erklärt hatten, kam der Journalist auf die glorreiche Idee, das Interview auf dem Riesenrad zu machen.

Maya, die unter starker Höhenangst leidet, warf mir einen entsetzten Blick zu, war aber zu stolz, jetzt noch einen Rückzieher zu machen.

Es wurde ein sehr interessantes Interview: Der Reporter stellte seine Fragen, während wir schwungvoll im Riesenrad unsere Kreise zogen. Maya war leichenblass und nicht in der Lage, auch nur eine einzige vernünftige Antwort von sich zu geben. Ich bemühte mich, zum Ausgleich einigermaßen intelligente Aussagen zu machen, was aber auch für mich nicht einfach war, da ich gleichzeitig versuchte, die Schmerzen an meinem rechten Oberarm zu ignorieren, an den meine Schwester sich panisch klammerte.

»Nie wieder«, ruft Maya, als sie das Riesenrad sieht. »Das war ein echter Alptraum!«

Eine Gruppe Brasilienfans kommt uns entgegen. Sie winken uns zu, sind guter Dinge vor dem Spiel heute Abend.

»Chile hat keine Chance!«, ruft einer von ihnen auf Englisch, als hätten wir soeben behauptet, Brasilien würde verlieren.

»Aber Chile hat einen ziemlich guten Torwart«, antwortet Maya.

»Warum musst du immer Ärger machen?«, raune ich ihr zu. Doch die brasilianischen Männer lachen nur.

»Der kann gegen unseren Neymar auch nichts ausrichten. Neymar wird auch diesen Torwart besiegen, wartet nur ab«, sagen sie und gehen frohen Mutes weiter.

Neymar, dieser Neymar. Brasiliens Superstar, auf dem die Hoffnungen einer Nation ruhen. Er geht mit diesem Druck erstaunlich gelassen um; zumindest hat es den Anschein, wenn er auf dem Platz steht. Ob er auch heute wieder glänzen kann? Würde man eine Umfrage unter brasilianischen Fans starten, wäre die Antwort sicher mit überwältigender Mehrheit »Ja.«

Aber reicht ein Superstar in der Mannschaft aus, um ein ganzes Turnier zu gewinnen? Ich habe da starke Zweifel und bin froh, dass bei unseren Jungs in diesem Jahr das Zauberwort *Teamgeist* heißt.

Mehmet Scholl hat eine Gänsehautentzündung! Maya und ich können uns vor Lachen kaum beruhigen.

Wir verstehen durchaus, was er gemeint hat, denn das Elfmeterschießen Brasilien gegen Chile war wirklich nervenaufreibend. Doch dass er dieses Gefühl gleich mit einer Wortneuschöpfung beschreiben muss – ich bin mir sicher dass die Gänsehautentzündung gleich ein »Trending Topic« auf Twitter sein wird, und frage mich, wie lange es dauert, bis sie endgültig in den deutschen Wortschatz aufgenommen wird. Vielleicht heißt es in ein paar Jahren: »Ach, Sie leiden unter einer akuten Gänsehautentzündung? Wie Mehmet Scholl damals bei der WM in Brasilien, als die Gastgeber die Chilenen nur im Elfmeterschießen bezwingen konnten? Ihre Arm- und Nackenhaare stellen sich vor lauter Aufregung auf, Ihnen ist heiß und kalt und auch ein wenig schwindelig? Trinken Sie einfach einen Schluck Bourbon auf Eis, dann wird die Entzündung innerhalb von zehn Minuten wieder abklingen. Falls keine Besserung eintreten sollte, suchen Sie umgehend Ihren Hausarzt auf.«

Die Partie Brasilien gegen Chile veranlasste Journalisten wieder einmal dazu, eine alte Geschichte aufzuwärmen, die allerdings so ungeheuerlich scheint, dass sie selbst fünfundzwanzig Jahre nach dem eigentlichen Vorfall noch erzählenswert ist.

Im September 1989 standen sich Brasilien und Chile gegenüber; es war ein entscheidendes Spiel. Nur mit einem Sieg würde Chile ein Jahr später zur WM nach Italien reisen können. Im Tor der Chilenen stand Roberto Rojas, der beim brasilianischen Erstligaverein Sao Paulo FC angestellt war. In der Mitte der zweiten Halbzeit flog ein Feuerwerkskörper auf das Spielfeld, in die Nähe des Tores von Rojas, der daraufhin mit blutigem Kopf zu Boden fiel. Das Spiel wurde abgebrochen. Doch Videoaufnahmen bewiesen später, dass der Torwart überhaupt nicht getroffen worden war. Er hatte sich die Verletzung selbst zugefügt, mit einer scharfen Rasierklinge, die er in seinem Torwarthandschuh versteckt auf das Feld geschmuggelt hatte. Daraufhin wurde er von der FIFA auf Lebenszeit gesperrt und Chile für die Weltmeisterschaften 1990 und 1994. Als ich diese Geschichte zum ersten Mal hörte, konnte ich sie kaum glauben. Doch es stimmt wohl, was der Schotte Bill Shankly einmal gesagt hat: »Es gibt Leute, die denken, Fußball sei eine Frage von Leben und Tod. Ich mag diese Einstellung nicht. Ich kann ihnen versichern, dass es noch sehr viel ernster ist.«

Das zweite Achtelfinale des Tages, Kolumbien gegen Uruguay, lassen wir uns auch nicht entgehen und für unser Ausharren werden wir reich belohnt: Wir werden Zeuge des traumhaften Volleytores von James Rodriguez, Kolumbiens Shooting Star, und in dem Moment, als wir es sehen, sind wir uns sicher, dass dies das schönste Tor der WM ist und bleiben wird.

Kolumbien gewinnt 2:0 gegen ein ohne den für seine Beißattacke gesperrten Suarez sichtlich geschwächtes Uruguay, und damit steht das erste Viertelfinale fest. Es ist ein großer Erfolg für Kolumbien und ein weiterer Schritt, die Wunden zu heilen, die der Tod von Andres Escobar hinterlassen hat. Der Verteidiger und Kapitän von Kolumbien, dessen Eigentor bei der WM 1994 zum vorzeitigen WM-Aus geführt hatte, wurde erschossen – es heißt, es war der Tag, an dem der Fußball seine Unschuld verlor.

Am nächsten Abend geht es munter weiter, zuerst mit der Begegnung Holland gegen Mexiko. Die Niederländer sind klar in der Favoritenrolle, doch sie tun sich schwer, und über weite Strecken des Spiels passiert so viel wie damals in der Disko im Jugendzentrum kurz nach Einlass um 18 Uhr – rein gar nichts.

Erst in der 48. Minute geschieht das Unerwartete: Der Mexikaner Giovani dos Santos bringt sein Team in Führung. Jetzt, so scheint es, merken die Holländer, dass sie sich ein wenig ins Zeug legen müssen, um dieses Spiel noch zu drehen. Doch dieses Vorhaben erweist sich als eine Mammutaufgabe. Wenn sie mal in den Strafraum der Mexikaner vordringen, scheitern sie an dem – mal wieder – überragenden Torwart Ochoa, dem Kerl, der eine gewisse Ähnlichkeit mit dem jungen Pauly Shore hat. Es ist ohnehin eine Weltmeisterschaft, in der die Torhüter dank glänzender Paraden ins Rampenlicht gerückt sind, und einer der Besten unter ihnen ist zweifellos Ochoa.

Selbst als Holland drängt, steht Mexiko sicher in der Defensive und wehrt erfolgreich die Versuche zum Ausgleich ab. Doch leider, leider ist Fußball oftmals ungerecht und der

Spruch »Das Spiel ist erst aus, wenn der Schiedsrichter abpfeift« wird heute bittere Realität für die Mexikaner.

In der 88. Minute trifft Wesley Sneijder zum 1:1. Dieses Tor trifft die mexikanischen Spieler direkt ins Herz und gibt gleichzeitig den Holländern noch einmal Aufwind. Sechs Minuten später geht Arjen Robben theatralisch im Strafraum zu Boden. Der Schiedsrichter entscheidet auf Elfmeter. Klaas-Jan Huntelaar, einer der vielen Bundesligavertreter bei dieser WM, haut die Kugel ins Netz, Ochoa hat keine Chance.

Es ist ein Jammer. Fast neunzig Minuten lang hatte Mexiko wie der sichere Sieger ausgesehen. Nach dem Ausgleich hätten sie sich zumindest in die Verlängerung retten können. Doch selbst diese Chance wurde ihnen genommen, und der Traum vom Viertelfinale war binnen weniger Minuten wie eine Seifenblase zerplatzt.

Die halbe Welt diskutiert nun, ob der Elfmeter ein gerechtfertigter war oder ob Robben seinem Ruf als Schwalbenkönig mal wieder alle Ehre gemacht hat. Aber was nützt es schon? Mexiko ist draußen, Holland zieht eine Runde weiter, ganz gleich, ob Robben den sterbenden Schwan gespielt hat oder tatsächlich gefoult wurde. Das Tor zählt, und daran gibt es nichts mehr zu rütteln.

Maya und ich haben schlechte Laune, weil wir es den Mexikanern gegönnt hätten, eine Runde weiterzukommen.

»Und für wen bist du im nächsten Spiel?«, will ich von meiner Schwester wissen.

»Gute Frage«, antwortet sie zögerlich. »Ich habe keine besondere Vorliebe. Griechenland oder Costa Rica, das entscheide ich spontan nach Anpfiff.«

Ich brauche mir keine Gedanken zu machen. Ich weiß, dass ich zu Costa Rica halte, der Überraschungsmannschaft schlechthin, die sich in der Todesgruppe mit Uruguay, Italien und England unerwartet als Erstplatzierte durchgesetzt hat.

Doch als ob das deutsche Fernsehen mich dazu zwingen will, meine Entscheidung noch einmal zu überdenken, folgt eine Reportage über den griechischen Spieler Georgios Samaras, der in der letzten Saison noch bei dem schottischen Verein Celtic Glasgow gespielt hat. Der Stürmer mit der langen Haarpracht, so erfährt man im Beitrag, hat dort einen ganz besonderen Fan gewonnen: den jungen Jay Beatty, der seit seiner Geburt unter dem Down-Syndrom leidet. Zwischen dem ungleichen Paar hat sich seit ihrer ersten Begegnung eine Freundschaft entwickelt. Samaras hatte Jay und seine Familie sogar nach Brasilien eingeladen, damit Jay ihn von der Tribüne aus live anfeuern kann. Doch als Jays Vater den Anruf bekam, war die Familie gerade am Flughafen auf dem Weg in den Urlaub und konnte daher das großzügige Angebot des Griechen nicht annehmen. In einer Videobotschaft bedankte sich Jay bei seinem Freund Georgios für die Einladung und garantierte ihm seine Unterstützung vom anderen Ende der Welt.

Die Reportage dauert nur wenige Minuten, aber ich bin so gerührt, dass ich einen dicken Kloß im Hals habe. Verdammt, musste das jetzt sein? Nun bin ich tatsächlich versucht, doch Griechenland die Daumen zu drücken. Aber nein, schimpfe ich mit mir, das sollte mich nicht umstimmen. Natürlich ist das eine schöne Geschichte, aber trotzdem – Costa Rica soll weiterkommen. Costa Rica, Costa Rica, Costa Rica, wiederhole ich in meinem Geist, damit ich nicht wieder auf dumme Gedanken komme.

»Costa Rica war noch nie im Viertelfinale einer Weltmeisterschaft«, versuche ich mich mir zu erklären, warum ich denn nun ausgerechnet den Mittelamerikanern den Sieg wünsche, und nicht etwa unseren europäischen Nachbarn.

»Griechenland auch nicht«, erwidert Maya kurz angebunden. Das saß!

»Aber Griechenland war immerhin schon einmal Europameister«, fahre ich fort.

Maya lacht mich aus. »Es ist doch nicht schlimm, wenn du willst, dass Costa Rica gewinnt«, sagt sie. »Du musst dich nicht rechtfertigen. Ich bin aber heute für Griechenland.«

Bryan Ruiz schießt in der 52. Minute ein Tor für die Mittelamerikaner. Juhu! Doch meine Freude wird schnell wieder gedämpft, denn nur eine knappe Viertelstunde später fliegt Duarte mit einer Gelb-Roten Karte vom Platz. Na prima! Costa Rica muss sich jetzt also mit einem Mann weniger über die Zeit und bis ins Viertelfinale retten. Ach, das wird doch sicher schiefgehen! Mein größter Feind und gleichzeitig treuester Begleiter, der Pessimismus, macht sich in mir breit und verdrängt jeglichen Hoffnungsschimmer. Tatsächlich werden meine düsteren Vorahnungen bestätigt. Griechenland gleicht aus – und zwar in der Nachspielzeit. Oh, wie grausam kann Fußball sein! Es geht in die Verlängerung, und Costa Ricas Spieler sind jetzt schon stehend k.o. Wie sollen sie die dreißig Extraminuten überstehen?

»Jetzt bin ich auch für Costa Rica«, verkündet Maya.

In der Verlängerung sieht man deutlich, wie kräftezehrend diese Partie bislang für beide Mannschaften gewesen ist. Vielen Spielern unterlaufen dumme Fehler, doch das jeweils andere Team ist selber so kaputt, dass es nicht davon profitieren kann. Und so kommt es zum nächsten Elfmeterschießen und ich mag gar nicht hinsehen.

»Jetzt bin ich doch wieder für Griechenland«, sagt Maya, und ich verdrehe die Augen.

»Oder doch nicht?« Sie hat gleich wieder Zweifel an ihrer eigenen Aussage. »Ach, ich weiß es nicht. Ich will einfach nur, dass es endlich vorbei ist!«

Das ist es auch wenige Minuten später: Costa Rica setzt sich durch und steht als vierte Mannschaft für die Runde der letzten Acht fest. Bessere Laune habe ich dadurch allerdings nicht. Es ist immer bitter, im Elfmeterschießen auszuscheiden.

Das wichtigste Achtelfinale, Deutschland gegen Algerien, sehen wir uns bei Freunden von Mama und Papa an. Sie haben einen Großbildfernseher. Das Gerät unserer Eltern ist gefühlte dreißig Jahre alt und leider so klein, dass wir immer Probleme haben, die Spielzeit, die oben rechts eingeblendet wird, mit bloßem Auge zu erkennen.

Maya hat Mama und Papa schon öfter nahegelegt, sich einen neuen Fernseher zuzulegen, doch da der alte noch einwandfrei funktioniert, sehen sie keinen Grund, unnötig Geld auszugeben. Mama hat dies in den letzten Wochen allerdings bedauert.

»Ich habe gehofft, dass der Fernseher vor der WM kaputtgeht, aus Altersschwäche, damit wir gezwungen sind, uns einen neuen zu kaufen. Aber leider ist nichts passiert.«

»Wenn du willst, kann ich gerne nachhelfen«, schlage ich vor. »Papa muss ja nichts davon wissen.«

Das will Mama dann aber auch wieder nicht, und so ist die Lösung, zu Georg und Aiko zu fahren, geradezu perfekt. Die beiden haben einen riesigen Flachbildschirm und sind außerdem richtig nett und beinahe so fußballverrückt wie wir.

Mama und Papa kennen Georg und Aiko aus unseren Tokiozeiten, genau wie Frank und Sadako, ein weiteres deutsch-japanisches Ehepaar, das auch an unserem Fußballabend dabei ist.

Frank und Sadako haben drei Töchter, mit denen Maya und ich sehr gut befreundet sind. Eigentlich sind sie so etwas wie unsere zusätzlichen Schwestern, doch an den beiden ältesten ist die Fußballbegeisterung leider gänzlich vorübergegangen. Nur bei der jüngsten Tochter, Juliana, die letztes Jahr geheiratet hat, haben Maya und ich noch leise Hoffnung. Ihr Mann, Timo, sieht sich jedenfalls relativ regelmäßig Fußballspiele an, und das nicht nur als Eventfan. Er verfolgt auch Bundesliga,

DFB-Pokal und Champions League – und scheint einen guten Einfluss auf Juliana zu haben.

Wir alle versammeln uns also heute für das Spiel bei Georg und Aiko. Wir sind eine ganz schön verrückte Truppe, mit vier deutschen Männern, zwei japanischen und einer indonesischen Frau und drei Kindern, in deren Adern gemischtes Blut fließt. Wir sind wie die deutsche Nationalmannschaft – eine bunte Mischung von Menschen aus verschiedenen Nationen, die aber alle eine starke Verbindung zu Deutschland oder ihre Wurzeln dort haben.

Als wir die Wohnung betreten, verschlägt es mir glatt die Sprache. Aiko und Georg haben fast noch mehr dekoriert als Mama bei uns zu Hause, und wir hatten eigentlich geglaubt, das sei gar nicht möglich.

Timo ist fest davon überzeugt, dass das Spiel eine klare Angelegenheit für die deutsche Mannschaft werden wird. Er rechnet mit einem Kantersieg. Der Rest unserer Gruppe stimmt freudig zu, nur Papa und ich schweigen. Bloß nicht zu weit aus dem Fenster lehnen!

Ich suche Mayas Blick, um festzustellen, ob sie ebenso positiv gestimmt ist wie alle anderen, aber sie unterhält sich gerade mit Sadako und Aiko. Wenigstens kann sie noch lächeln, und das wäre doch sicher nicht möglich, wenn sie ein mulmiges Gefühl hätte.

Wir haben noch eine ganze Weile Zeit, bevor es losgeht in Porto Alegre – also wird natürlich über Fußball gesprochen, und über alles, was mit dieser WM zu tun hat.

Für die muslimischen Spieler hat die Fastenzeit begonnen. Mesut Özil hat schon erklärt, dass er momentan darauf verzichten muss; den Spielern aus Algerien ist es freigestellt, ob sie sich daran halten oder nicht.

In Indonesien, dem größten muslimischen Land der Welt, wird die Fastenzeit vom Großteil der Bevölkerung eingehalten.

Im Büro ist es in diesen vier Wochen immer sehr ruhig. Es gibt keine gemeinsamen Mittagessen oder Raucherpausen. Dafür herrscht bei Sonnenuntergang immer eine sehr ausgelassene Stimmung, wenn alle zusammenkommen, um das Fasten zu brechen.

Ich habe mich anfangs immer sehr schlecht gefühlt, wenn ich mir morgens im Büro meinen Kaffee gemacht habe, doch meine Kollegen versicherten mir, dass es ihnen nichts ausmache. Im Gegenteil, beteuerten sie, es mache sie nur stärker.

Dennoch bin ich ein wenig besorgt um die Spieler aus Algerien. Wenn sie den ganzen Tag noch nichts gegessen und getrunken haben, sind sie sicher in einem physisch schwächeren Zustand als die Deutschen. Gerade bei den Temperaturen in Brasilien, wo es doch so wichtig wäre, genügend Wasser zu trinken, weil sonst Dehydration droht. Vielleicht verleiht ihnen das Fasten aber auch übernatürliche Kräfte? Wer weiß das schon. An Motivation wird es sicherlich nicht mangeln. Da Algerien damals die leidtragende Nation der Schande von Gijón war und auch zum ersten Mal überhaupt im Achtelfinale einer WM steht, weiß das Team um die Bedeutung dieses Spiels, das, im Falle eines Sieges, ein historisches für ihr Land werden kann.

Maya und ich führen noch schnell unser Videoritual durch, dann machen wir es uns im Wohnzimmer bequem und warten.

Ich schäme mich für das deutsche Fernsehen. Gerade lief tatsächlich ein Bericht über Jogi Löws sexy Wet Look beim Spiel gegen die USA. Ohne Worte. Ich kann nur vermuten, dass die Produzenten hofften, damit das weibliche Publikum anzusprechen. Weit gefehlt. Ich fühle mich nicht ernst genommen. Jogis Wet Look interessiert mich nicht im Geringsten. Ich möchte viel lieber wissen, ob es wirklich wahr ist, dass Mats Hummels grippegeschwächt im Hotel zurückbleiben musste. Ich hoffe, dass das eine Falschmeldung war. Ein Ausfall von Hummels wäre ganz und gar nicht gut für Deutschland.

Ausgerechnet jetzt, wo es heißt, alles oder nichts. Eine Niederlage würde das Turnierende bedeuten, ein Unentschieden im Elfmeterschießen enden. Ein folgenreicher Fehler kann nicht im nächsten Spiel wieder ausgebügelt werden. Mats, warum hast du uns verlassen?

Ein weiteres Thema, das alle auf Trab hält, hat mit meinem Lieblingsspieler zu tun. Bastian Schweinsteiger spricht nicht mit den deutschen Medien. Sein mangelndes Mitteilungsbedürfnis, sein Schweigen in der Mixed Zone und Abwesenheit bei Pressekonferenzen sorgen in der Presse für Unruhe. Aberwitzige Theorien machen die Runde und eine frenetische Suche nach Gründen hat begonnen: Schweinsteiger ist beleidigt und fühlt sich von den Journalisten ungerecht behandelt. Er weiß, dass seine Zeit bei der Nationalmannschaft abgelaufen ist und will sich dazu nicht äußern. Schweinsteiger ist arrogant geworden. Schweinsteiger ist traurig und deprimiert, weil er seinen Zenit überschritten hat.

Ich bin selbst Journalistin und kann verstehen, dass man permanent unter dem Druck steht, neue Ideen für interessante Artikel zu entwickeln. Das gilt besonders für Online-Reporter: Sie müssen konstant schreiben, am besten mehrere Geschichten am Tag, damit ihre Leser in regelmäßigen Abständen mit Neuigkeiten gefüttert werden. Trotzdem beschleicht mich beim Lesen vieler Artikel schnell das Gefühl, dass der Autor sich die meisten Sätze aus den Fingern saugen musste, weil ihm bereits nach einem Absatz der Stoff ausgegangen war.

So ähnlich empfinde ich auch die Geschichte mit Schweinsteiger. Wenn er nicht mit der Presse sprechen will, dann lasst ihn doch in Ruhe. Er wird schon seine Gründe haben.

Es ärgert mich, dass die Medien dieses Thema trotzdem ausschlachten. Können die Journalisten nicht einfach über andere Dinge berichten? Aber nein, in jedem Interview, sei es mit

Thomas Müller, Mats Hummels oder Jogi Löw, wird dieses Thema angesprochen.

»Wissen Sie, warum Bastian Schweinsteiger die Medien boykottiert? Liegt es etwa daran, dass er mit Sami Khedira um einen Stammplatz in der Mannschaft kämpfen muss, und weiß, dass er den Kürzeren ziehen wird? Sie sprechen doch sicher täglich mit ihm, was erzählt er Ihnen denn darüber?«

Dabei gibt es doch tausend andere Dinge, die man fragen könnte. Auf diese Weise kommt Unruhe auf, und die können wir nicht gebrauchen. Am wenigsten jetzt, wo es in die Endphase des Turniers geht. Außerdem ist er ein Fußballspieler; es ist zunächst einmal wichtig, welche Leistung er auf dem Platz erbringt. Interviews gehören zwar zum Alltag eines Spielers, sollten aber doch bitte nicht einen höheren Rang einnehmen als das Sportliche.

Ich finde jedenfalls, dass Bastian Schweinsteiger immer sehr entspannt aussieht, zumindest auf den Fotos und Videos auf der DFB-Webseite und auf denen, die er und Busenfreund Lukas Podolski selbst ins Netz stellen. Und das ist für mich völlig ausreichend.

Und jetzt kommt die Bestätigung: Mats Hummels fällt aus. Betretenes Schweigen in unserer kleinen Runde – ist das nun ein schlechtes Zeichen? Selbst Maya, die zu meiner Rechten sitzt, ist ein wenig blass um die Nasenspitze. Als sie meine Verzweiflung bemerkt, schenkt sie mir ein aufmunterndes Lächeln.

»Mustafi wird seine Sache schon gut machen«, sagt sie zu mir.

»Mustafi?«, mischt Frank sich ein. »Hat der gegen Ghana nicht so schlecht gespielt?«

»Nein, hat er nicht«, erwidere ich aufbrausend, denn ich war schon immer die Beschützerin der Verschmähten. »Es stimmt zwar, dass er einen Fehler gemacht hat, aber es war nicht alles schlecht. Und ihr könnt euch sicher sein, dass er bei Eckbällen und Freistößen ab sofort besonders hoch springt, damit man ihm nicht vorwerfen kann, dass er aus seinen Fehlern nichts gelernt hat.«

Alle sehen mich belustigt an – hoffentlich macht Mustafi heute das Spiel seines Lebens, damit sie sehen, dass ich Recht hatte. Maya zwinkert mir zu. Sie kennt mich einfach zu gut.

Nach einer gefühlten Ewigkeit ist es soweit: Die Mannschaften versammeln sich im Spielertunnel. Schweinsteiger steht wieder in der Startelf, Khedira sitzt zunächst auf der Bank. Mario Götze ist auch mit dabei, Jerome Boateng rückt in die Innenverteidigung und Mustafi spielt rechts außen – also keine großartigen Überraschungen.

Mein Herz beginnt zu flattern. Heute ist meine Nervosität größer als sonst. Jetzt geht es tatsächlich um alles oder nichts. Aber da ist noch etwas anderes. Deutschland ist in diesem Spiel haushoher Favorit, das ist klar. Trotzdem haben sich unsere Jungs in der Vergangenheit gegen vermeintlich kleinere Gegner oft schwer getan. Ich kann nicht in die Köpfe der Spieler sehen. Natürlich bin ich mir sicher, dass Jogi ihnen eingetrichtert hat, Algerien nicht zu unterschätzen und ich denke, sie sind nicht so überheblich, zu glauben, dass das hier ein Spaziergang wird. Doch im Unterbewusstsein gehen sie vielleicht doch anders an diese Begegnung heran, als wenn der Gegner Spanien oder Italien heißen würde. Da ich absolut keine Kenntnisse in Psychologie habe, kann ich diese These nicht begründen, und ich wünsche mir, dass ich völlig falsch liege. Doch dieses Gefühl der Angst nagt ununterbrochen an meinen Eingeweiden und sorgt dafür, dass meine Hände ganz feucht und zittrig werden.

Wirft man einen Blick auf die Statistiken, gibt es auch keinen Grund zur Freude: In beiden Partien, in denen Deutschland auf Algerien traf, ging unsere Mannschaft als Verlierer vom Platz.

Thomas Müller scheint trotzdem außerordentlich gute Laune zu haben, zumindest grinst er frech in die Kamera, während sich die Spieler im Tunnel in zwei Reihen aufstellen. Philipp Lahms Gesichtsausdruck hingegen ist ernst, staatsmännisch, nachdenklich. Im Hintergrund hüpft Bastian Schweinsteiger auf und ab und bekommt noch letzte Anweisungen von Jogi Löw. Jerome Boateng und Mesut Özil flüstern sich gegenseitig etwas zu und Manuel Neuer unterhält sich mit dem kleinen Jungen, den er an der Hand hält.

Die Algerier sehen nicht unbedingt aus, als wären sie körperlich geschwächt oder auch nur im Geringsten eingeschüchtert. Warum auch? Sie haben hier und heute wirklich nichts zu verlieren.

Als es endlich hinausgeht, klatscht Schweinsteiger als Letzter in der Reihe in die Hände und treibt seine Teamkollegen mit motivierenden Rufen nach vorn. Jawohl, Basti, so ist es richtig! Und irgendwo in der Ferne höre ich Oliver Kahns Stimme: »Weiter, immer weiter!«

Mats Hummels hat sich schon per Twitter zu Wort gemeldet.

»Leider kann ich gleich nicht mit dabei sein, ich drücke den Jungs ‹aus dem Bett› die Daumen. Ich hoffe wir packen es ins Viertelfinale!«

Oh Mats, warum hast du uns verlassen?

Trotzdem schöpfe ich aus dieser kurzen Nachricht Hoffnung: Wenn er noch twittern kann, geht es ihm vielleicht nicht ganz so schlecht und in der nächsten Runde ist er dann wieder mit dabei.

Die Nationalhymnen dringen heute kaum zu mir durch. Ich warte auf den Anpfiff und wünsche mir gleichzeitig, dass er niemals kommt.

»Was hast du für ein Gefühl?«, raune ich Maya zu.

»Zumindest kein schlechtes«, gibt sie zurück, und ich weiß gar nicht, was ich damit anfangen soll. Doch es bleibt keine Zeit mehr nachzufragen, denn der Ball rollt.

Nach nur neun Minuten ist Manuel Neuer bereits so weit von seinem eigenen Tor entfernt, dass mir schwindelig wird. Und auch sonst läuft vieles noch nicht rund.

Je länger das Spiel dauert, desto mehr sehe ich meine dunklen Vorahnungen bestätigt. Was ist denn nur los mit den Jungs? Und in der 16. Minute fällt tatsächlich ein Tor für Algerien. Ich spüre, wie sich mein Magen umdreht, will schon aufspringen und Richtung Badezimmer laufen, oder wie die halb ohnmächtige Tante Pitty Pat in »Vom Winde Verweht« nach Riechsalz jammern, doch da höre ich, wie Georg beschwichtigend »Abseits, Abseits« sagt.

Ich lehne mich zurück und verfalle in einen lethargischen Zustand. Wir schaffen es nicht! Auch dieses Mal werden wir nicht Weltmeister! Wir werden gegen Algerien ausscheiden und wie Spanien und Italien vorzeitig die Heimreise antreten!

Die Abwehr scheint völlig verunsichert und nach vorne passiert so gut wie gar nichts. Die Algerier hingegen kontrollieren das Spiel, erarbeiten sich Chancen und greifen die Deutschen früh an. Miroslav Klose wird eingeblendet, seine Stirn liegt in Falten, ganz ähnlich wie meine.

Den Deutschen unterlaufen leichte Fehler bei der Ballannahme, beim Passspiel und Manuel Neuer ist nach einer guten halben Stunde schon mehr gelaufen als so mancher Feldspieler. Er hilft in brenzligen Situationen aus und bügelt verunglückte Aktionen seiner Vorderleute glatt. Vielleicht gelingt ihm gleich noch der Führungstreffer oder zumindest die Vorlage – es würde mich nicht wundern, denn Neuer ist scheinbar der einzige Spieler der deutschen Mannschaft, der hellwach ist.

Ich würde am liebsten an Mayas Ärmel zupfen, so wie Ron Weasley es bei Harry Potter getan hat, als die beiden im Verbotenen Wald auf eine Horde riesiger Spinnen treffen. »Ist jetzt Panik erlaubt?«

Die erste Halbzeit nähert sich dem Ende, und in der 40. Minute gelingt den Deutschen endlich einmal eine sehenswerte Aktion. Doch Götzes Schuss prallt am algerischen Torwart M'Bolhi ab und auch den Nachschuss kann der kleine Mario nicht verwerten.

Der erlösende Pfiff des Schiedsrichters holt mich zurück aus meinem Delirium. Fünfzehn Minuten Pause. Ich hoffe, dass Jogi die richtigen Worte findet, denn noch so eine Halbzeit ertrage ich einfach nicht.

Wahrscheinlich überlegt er sich gerade, wen er am besten bringen soll, um für ein bisschen Wirbel in diesem müden Haufen zu sorgen. Aber die Liste der Kandidaten ist lang und dummerweise darf er nur dreimal auswechseln.

»Wie war das mit dem Kantersieg?«, frage ich Timo, doch der lässt sich nicht einschüchtern.

»Kann ja noch werden! Drei, vier Tore in der zweiten Halbzeit!«

Die anderen haben allerdings ihre optimistische Grundeinstellung eingebüßt. Ihre Gesichter sind ein Spiegelbild dessen, was emotional in mir selbst vorgeht.

Aber Maya hat die Hoffnung keineswegs aufgegeben.

»Ich glaube schon, dass wir das noch schaffen«, sagt sie recht nüchtern. »Es ist eben nicht so einfach, wie viele sich das vorgestellt haben.«

Ich habe es ja gleich gewusst!, will ich rufen. Seht ihr, mein Pessimismus kommt nicht von ungefähr!

Doch ich schweige und stelle erschüttert fest, dass es schon in wenigen Augenblicken weitergeht. Moment, ich bin noch nicht soweit! Ich muss noch mindestens eine halbe Stunde lang Yoga-Übungen machen, um meinem aufgewühlten Inneren die Balance zurückzugeben.

Aber in Brasilien kümmert man sich nicht um mein Gemüt. Außerdem habe ich mich auch erst ein-, zweimal an Yoga versucht und musste schnell feststellen, dass mich der Sonnengruß eher zum Lachen bringt, anstatt mir Seelenfrieden zu bescheren.

Ganz ohne Meditation, Gebete oder sonstige Rituale gehe ich in die zweite Halbzeit. Es kann ja schließlich nur besser werden.

Andre Schürrle ersetzt Götze, was meiner Ansicht nach die richtige Entscheidung war. Schürrle ist immer gut für einen Sprint über die Flügel oder für einen gefährlichen Torschuss hier und da.

Tatsächlich wirkt er frisch und motiviert, und auch seine Mannschaftskameraden sehen ein wenig spritziger aus als noch vor zwanzig Minuten.

Trotzdem – dass das deutsche Team sich ein wenig gefangen hat, heißt keineswegs, dass Algerien nun etwa schlechter spielt. Es ist eine zermürbende Partie, und ich bin mir sicher, dass mir über Nacht graue Haare wachsen werden.

In der 68. Minute eine Schrecksekunde: Mustafi liegt verletzt am Boden, hält sich den linken Oberschenkel. Schweinsteiger wirft einen Blick in Richtung Bundestrainer und deutet an, dass der Abend für Mustafi gelaufen ist. Khedira springt von der Bank auf und macht sich bereit, während Mustafi vom Platz humpelt, gestützt vom unvergleichlichen, alterslosen Hans-Wilhelm Müller-Wohlfahrt, dessen halblange Mähne aufgeregt im Wind flattert.

Ganz Fußballdeutschland klebt nun gespannt an den Fernsehschirmen, denn jetzt ist es soweit: Sami Khedira kommt, Philipp Lahm rückt nach hinten in die Verteidigung und die Mannschaft ist nun genau so aufgestellt, wie es Achtzig Millionen Deutsche gefordert hatten.

Ich persönlich freue mich auch – natürlich nicht über Mustafis Verletzung – und hoffe, dass Schweinsteiger bis zum Ende durchhalten wird, damit sich mein bevorzugtes Duo Basti-Sami im defensiven Mittelfeld wieder einspielen kann.

Das Spiel läuft weiter, und wieder einmal muss Neuer retten: Da kein einziger Abwehrspieler in Sicht ist, abgesehen von Jerome Boateng, der aber nicht schnell genug ist, stürmt Neuer auf den heraneilenden Algerier zu, um dann völlig gelassen und abgeklärt den Ball ins Seitenaus zu befördern.

Ich klatsche begeistert in die Hände und finde langsam Gefallen an seinen an Wahnsinn grenzenden Aktionen. Neuer ist unser Torwart, unser Libero, unser bester Abwehrspieler! Ob Mats Hummels in seinem Hotelzimmer vor lauter Schreck einen Fieberschub bekommen hat? Manuel Neuer könnte ihm schließlich seine Position streitig machen.

Wenige Minuten später ist der Ball kaputt. Khedira ist der Übeltäter und sieht peinlich berührt aus. Wenigstens scheint er noch Kraft zu haben – nun muss er diese Power nur noch in Sturm und Drang auf dem Feld investieren und nicht in die sinnlose Zerstörung unschuldiger lebloser Gegenstände.

Die Deutschen kommen nun vermehrt zu Chancen. Kommt jetzt, Jungs! Ich will keine Verlängerung! Meine Nerven halten das nicht durch! Schießt endlich ein Tor!

Doch anstatt die großartigen Chancen, die sich auftun, zu nutzen, macht die Mannschaft uns zu Zeugen von Krämpfen, mit denen die ersten Spieler am Boden liegen. Auch die letzten Minuten vergehen. Die Verlängerung steht unmittelbar bevor und wieder einmal mache ich mir Sorgen um den Gesundheitszustand der Mannschaft. Wie sollen sie dreißig weitere Minuten überstehen, wenn sie jetzt schon so platt sind? Giovanni Trapattoni würde sagen, sie sind »schwach wie eine Flasche leer!«

Kurz vor Ende der regulären Spielzeit überraschen uns die Deutschen mit einer kleinen Sketcheinlage. Sie bekommen einen Freistoß zugesprochen, und eine Reihe von Spielern stellt sich im Halbkreis um den ruhenden Ball auf: Schweinsteiger, Özil, Kroos und Müller.

Schweinsteiger tänzelt am Ball vorbei, Müller will es ihm gleich tun, stolpert aber und fällt hin, rafft sich dann wieder auf und läuft Richtung Strafraum. Kroos ist dann derjenige, der den Ball in die Traube von Spielern befördert. Die verunglückte Einlage – oder war es Absicht, was ja irgendwie noch komischer wäre – sorgt für einige Lacher in unserer Runde, und wenn ich nicht immer die Spielzeit im Blick hätte, könnte ich vielleicht auch schmunzeln. So aber ist es wieder nur eine verpasste Gelegenheit. Die einzige Frage, die sich mir unmittelbar aufdrängt, ist: Was genau war die Rolle von Mesut Özil in diesem kleinen Schauspiel? Sollte er durch seine bloße Präsenz für Unruhe sorgen? Oder war er lediglich Statist?

Jetzt scheinen beide Mannschaften begriffen zu haben, dass in nur wenigen Augenblicken die Verlängerung droht, und sie drehen noch einmal auf, um die Schlussoffensive zu starten.

Neuer tobt wieder einmal an der Mittellinie herum, aber das verunsichert mich jetzt gar nicht mehr. Mit stoischer Ruhe und Gelassenheit nehme ich zur Kenntnis, dass er zum achtzehnten Mal – kein Witz, wie der Kommentator aufgeregt bestätigt – seinen Strafraum verlassen muss, um einen gefährlichen Angriff der Algerier zu unterbinden.

Manuel Neuer ist, denke ich, einzigartig. Überall auf der Welt sitzen gerade kleine Kinder vor dem Fernseher, sind begeistert von dem Auftritt unseres Keepers und wünschen sich, später einmal genau so zu werden wie er. Und wenn sie dann irgendwann selbst Nationaltorhüter sind, werden sie in Interviews sagen: »Damals, als ich bei der WM in Brasilien gesehen habe, wozu ein guter Torwart in der Lage ist, da wollte ich kein Stürmer mehr werden, sondern der legitime Nachfolger von Manuel Neuer.«

Doch Neuers Glanzauftritt wird nichts nützen, wenn der Rest der Mannschaft es nicht zustande bringt, ein Tor zu schießen.

Die kurze Verschnaufpause vor der Verlängerung wird in Brasilien für Dehnübungen und Hydration genutzt. Bei uns in Berlin wird noch einmal Bier in die leeren Gläser gegossen. Ohne Alkohol funktioniert jetzt nichts mehr bei mir.

»Kommt jetzt!«, feuert Maya die Jungs an, und als hätten sie ihren eindringlichen Ruf gehört, sehen wir, wie Müller sich gegen die algerischen Abwehrspieler durchsetzt, und den Ball zu Schürrle durchsteckt. Der hält elegant seine Hacke hin – und drin ist das Ding!

Wir atmen erleichtert auf, haben aber kaum noch Energie, unsere üblichen Freudentänze aufzuführen.

»Hätten sie das nicht vor zehn Minuten machen können?«, empört sich Juliana. »Jetzt müssen wir noch eine halbe Stunde lang zittern!«

Die Algerier wissen selbstverständlich auch, dass sie dieses Spiel noch drehen können, doch man merkt, dass bei den meisten, auch den Deutschen, die Kräfte allmählich schwinden.

Viele Chancen werden liegen gelassen, und auch Schweinsteiger sitzt inzwischen auf dem grünen Rasen, um die von Krämpfen geplagten Beine durchzudrücken.

Kurz nach dem Seitenwechsel sieht Philipp Lahm die gelbe Karte, nachdem er seinen Gegenspieler in einem Zweikampf unterrum beinahe völlig entkleidet hätte. Pfui, Philipp! Das gehört sich nicht!

Christoph Kramer kommt für Schweinsteiger. Es ist der erste Einsatz des Gladbachers bei dieser WM – dieses ansonsten sehr nervenzehrende Spiel hat also auch einige schöne Momente zu bieten.

Der nächste folgt in der 120. Minute: Tooooor für Deutschland! Mesut Özil und die Angst vor dem Abschluss: Schürrle legt wunderbar auf ihn ab, doch Özil spielt den Ball wieder zurück, als würde er sich selbst nicht trauen.

Also macht Schürrle es eben selbst. Doch der Ball wird auf der Linie geklärt und wie in einem schlechten Hollywood-Film landet er prompt wieder bei Özil. Der hat jetzt gar keine andere Möglichkeit mehr, als selbst zu schießen, traut sich endlich, und trifft!

Er schreit seine Erleichterung hinaus, läuft zur deutschen Fankurve und haut sich auf die Brust, an die Stelle, an der der Adler auf dem Trikot prangt.

»Das war's!«, rufen auch Georg und Frank wie aus einem Munde, und Mama, Sadako und Aiko heben ihre Gläser, um auf den Einzug ins Viertelfinale anzustoßen.

Ich warte mit dem Feiern lieber noch und die deutschen Spieler hätten sich mal lieber ein Beispiel an mir genommen. In Gedanken haben sie wahrscheinlich schon abgeschaltet, denn sonst wäre jetzt, eine Minute vor Abpfiff, nicht das Gegentor gefallen.

Aber das ist nur noch ein Trostpflaster für Algerien, das bärenstark gekämpft hat, denn nun ist das Spiel vorbei.

Viertelfinale! Juhu! Auch ich kann mich nun endlich freuen, auch wenn wir es nur mit Müh und Not geschafft haben, den Kopf noch einmal aus der Schlinge zu ziehen.

Maya dreht sich zu mir um und atmet einmal tief durch. Nanu? War sie etwa doch unsicher?

»Das nicht«, winkt sie gleich ab. »Aber das heißt ja nicht, dass mir so ein Spiel nicht auch an die Nerven geht.«

Im Fernsehen sehen wir Madjid Bougherra, der stellvertretend für das algerische Team ein Interview gibt. Sicher ist er enttäuscht, weiß aber auch gleichzeitig, dass er sich nichts vorzuwerfen hat.

»Ich bin sehr stolz«, verkündet er. »Wir haben allen gezeigt, dass Algerien eine tolle Mannschaft hat. Wir haben bis zum Ende alles gegeben. Zum Beginn des Ramadan haben wir Algerien toll repräsentiert.«

Das kann man durchaus so stehen lassen.

Jogi Löw ist relativ entspannt, auch wenn die Leistung des deutschen Teams teilweise zu wünschen übrig ließ.

»Solche Spiele wie gegen Algerien gibt es bei einem Turnier mal, dass man sich durchkämpfen muss, das hat man auch bei anderen Teams gesehen, die braucht man in einem Turnier mal«, behauptet der Bundestrainer im Interview, und wir hängen an seinen Lippen und beten dafür, dass er wirklich weiß, was er tut.

Frankreich – Deutschland (0:1)

Meine Güte, können wir uns bitte alle wieder beruhigen? Es war mir klar, dass die deutsche Mannschaft nach diesem mühsamen Sieg gegen Algerien wieder von allen Seiten schlecht gemacht werden würde. Und tatsächlich, der Großteil der Medien ist sich einig, dass Löw einen fatalen Fehler begangen hat, als er Lahm wieder im Mittelfeld aufstellte.

Mustafi habe in der Mannschaft nichts verloren, meckern viele, was ich ja schon wieder ganz schön übertrieben und ungerecht finde, und auch dieses ewige Gehetze gegen Mesut Özil kann ich so langsam nicht mehr hören. Scheinbar brauchen die Menschen immer jemanden, dem man die Schuld in die Schuhe schieben kann.

Nun ist Mustafi verletzt und fällt für den Rest der WM aus – also mir tut der Junge leid.

Folgerichtig hat sein Ausfall wieder langwierige Diskussionen entfacht: Wird Lahm gegen Frankreich auf seiner gewohnten Position als rechter Außenverteidiger spielen? Wird Löw endlich nachgeben?

Es ist fast schon rührend, dass es tatsächlich Leute gibt, die denken, Löw würde sich in seinen Entscheidungen von der Öffentlichkeit beeinflussen lassen. Ich glaube, er interessiert sich nicht die Bohne dafür, ob ganz Fußballdeutschland sich für Philipp Lahm in der Abwehr ausspricht. Wenn er meint, Lahm gehört ins Mittelfeld, wird er das so durchziehen. Sollte er sich aber dazu entschließen, Lahm auf seine alte Position zurückzubefördern, wird auch das geschehen, weil Löw davon überzeugt ist, dass es das Richtige ist.

Ich persönlich glaube, dass diese Entscheidung ausschließlich davon abhängt, ob Khedira und Schweinsteiger wieder hundertprozentig einsatzbereit sind. Wenn sie beide über neunzig oder auch hundertzwanzig Minuten gehen können, werden sie nebeneinander auf dem Platz stehen und Lahm wieder in der Verteidigung.

Auch ich gehöre zu denjenigen, die diese Aufstellung allen anderen vorzieht. Das geht mir auch bei Bayern München so. Lahm ist im Mittelfeld gut, aber rechts außen nicht eins zu eins zu ersetzen. Trotzdem, ihn jetzt öffentlich so heftig zu kritisieren, nur weil ihm zwei Fehlpässe unterlaufen sind – lächerlich! Und das sage ich, obwohl ich ein sehr gespaltenes Verhältnis zu Philipp Lahm habe.

Er ist ohne Frage ein exzellenter Spieler, der sich seit Jahren auf dem allerhöchsten Niveau bewegt. Doch nachdem ich ihn jahrelang als den kleinen Philipp abgespeichert hatte, der keiner Fliege was zuleide tun kann und immer noch so aussieht, als hätte er gerade Abitur gemacht, kam die Geschichte mit Michael Ballack und der Kapitänsbinde. Und auf einmal verlor der Mensch Lahm bei mir an Achtung und zwar ganz rapide.

Der Zeitpunkt, zu dem er verkündete, er wolle weiterhin Kapitän bleiben, und das, obwohl Ballack nur verletzt und nicht etwa aus der Nationalmannschaft zurückgetreten war, war furchtbar schlecht gewählt. Er wirkte wie ein trotziges kleines Kind, das in Tränen ausbricht, nur weil man ihm das vorher ausgeliehene Spielzeug wieder wegnehmen wollte. Diese Aktion kam ein wenig »von hinten durchs Knie«, wie meine Französischlehrerin immer zu sagen pflegte.

Hinzu kam seine umstrittene Biografie, zu der ich allerdings nicht viel sagen kann, denn ich habe das Buch nie gelesen. Ich finde nur, dass es klüger gewesen wäre, ein solches Buch, das zumindest am Rande Abrechnungen mit seinen früheren Trainern enthält, nach Karriereende zu veröffentlichen. Vielleicht ist Lahm einfach schlecht beraten.

Auf dem Platz aber ist er unangefochten, und das zu Recht. Dass ihm auch mal Fehler unterlaufen, ist nur deswegen so schockierend, weil man ausschließlich Bestleistungen von ihm gewohnt ist – sicher, man darf kritisieren, aber doch bitte konstruktiv.

Ich kann durchaus verstehen, dass Per Mertesacker im Interview direkt nach dem Spiel ein wenig die Nerven verloren hat. Journalisten können aber auch ganz schön blöd sein. Klar haben sie das Recht, unbequeme Fragen zu stellen, aber man muss doch auch in der Lage sein, ein wenig Sensibilität an den Tag zu legen, sobald man merkt, dass das Gegenüber total platt und gereizt ist.

»Das ist mir völlig wurscht«, hatte Mertesacker unwirsch auf die Frage geantwortet, warum die Deutschen gegen Algerien so schwerfällig agierten. »Wir sind jetzt unter den letzten Acht und das zählt.«

Der darauf folgende Kommentar des Journalisten dürfte Mertesacker wohl den letzten Nerv geraubt haben, denn er war – ich will mich mal vorsichtig ausdrücken – äußerst unklug formuliert und wirkte sehr herablassend. »Aber das kann ja nicht das Niveau sein, was Sie sich vorher ausgerechnet haben. Wenn man jetzt ins Viertelfinale einzieht, dass man sich noch steigern muss, denke ich, dürfte auch Ihnen klar sein, oder?«

Autsch! Was folgte, war eine Wutrede Mertesackers, in der man durchaus kleine Wahrheiten finden konnte. Zum Beispiel: »Wat wollen Se? Wollen Se 'ne erfolgreiche WM oder sollen wir wieder ausscheiden und haben schön gespielt?«

Ganz meine Meinung, Per! Klar macht es mehr Spaß, zu gewinnen und dazu auch noch wundervollen Fußball gespielt zu haben. Aber das hat uns in den letzten Jahren ja leider auch nicht geholfen, einen Titel zu gewinnen. Am Ende zählt eben nur der Sieg, und wenn im Laufe des Turniers einer so zustande kommt, wie gegen Algerien, dann ist mir das, so wie Per, auch völlig wurscht.

Mertesacker hat auch angedeutet, dass Algerien es den Deutschen richtig schwer gemacht hat, und dass niemand erwarten kann, dass unter den letzten Sechzehn »irgendwie 'ne Karnevalstruppe« dabei ist. Auch dies ist, finde ich, ein durchaus ernst zu nehmendes Argument. Denn was mich vor allem gestört hat an der ganzen Kritik am Achtelfinale: Es gab großes Gejammer darüber, wie schlecht die Mannschaft gespielt hat. Aber kaum jemand hat die Leistung von Algerien gewürdigt. Das ist ein Elitedenken, das eigentlich nicht mehr in den Fußball gehört. Die großen Fußballnationen wie Deutschland, England, Brasilien, Argentinien und Italien – sie müssen doch einsehen, dass auch die Kleineren inzwischen ordentlich mithalten und an guten Tagen eben auch die sogenannten Topteams schlagen können. Das hat Per ganz richtig erkannt, und ich bin ihm dankbar, dass er es mal angesprochen hat.

Der beste Satz dieses missglückten (oder, je nachdem, absolut gelungenen) Interviews ist aber dieser hier: »Ich leg mich jetzt erstmal drei Tage in die Eistonne und dann analysieren wir das Spiel und dann sehen wir weiter.«

Ein Mann, ein Wort! Und einen Tag später beweist Mertesacker, dass er sich auch durchaus selbst auf den Arm nehmen kann: mit einem Foto von sich in der Eistonne. Ich habe mich köstlich amüsiert und muss sagen, Per – jetzt schon eine Legende!

Der einzige, der ausnahmslos über den grünen Klee gelobt wird, ist Manuel Neuer. Seine Vorstellung gegen Algerien war einzigartig, darin sind sich nicht nur die deutschen Fans und Experten einig, sondern die gesamte Welt. Er hat den modernen Keeper neu definiert, heißt es, er ist der alte neue Libero, der eigentlich schon als Auslaufmodell gegolten hat.

Neuer hat in einem Spiel das geschafft, wofür Oliver Kahn viele Jahre und zahlreiche Tobsuchtsanfälle gebraucht hat: Alle verbleibenden Mannschaften sind jetzt vor ihm gewarnt. Deutschland hat einen Torwart, der nicht von dieser Welt ist. Er ist überall zu finden, er hütet das Tor, reiht sich nahtlos in die Abwehrreihe ein und spielt lässig den eröffnenden Pass.

Den Stürmern werden die Knie schlottern, sobald sie auf Manuel Neuer zulaufen, und vor lauter Nervosität und Aufregung werden sie den Ball auf die Tribüne brettern oder ihn gar nicht erst richtig treffen. Und selbst wenn ihnen ein ordentlicher Schuss gelingt – was nützt das schon. Neuer wird auch diesen halten, dank seiner wahnsinnigen Reflexe und seines hellwachen Verstands, der ihn schneller reagieren lässt, als Per »Eistonne« sagen kann.

Dies ist bislang auch eine WM der Torhüter. Umso beeindruckender, dass Neuer selbst in dieser Gruppe klar hervorsticht.

Torwarttrainer Andi Köpke sagt, er bleibe immer ganz ruhig, wenn Neuer mitten auf dem Platz herumturne. Es sei eben seine Art zu spielen. Wie schön für ihn, dass er in dieser Hinsicht offenbar genauso gelassen ist wie sein Schützling. Ich glaube, ich werde diese Sache ab sofort auch viel entspannter betrachten.

Die Viertelfinalbegegnungen stehen also fest: Frankreich trifft auf Deutschland, Gastgeber Brasilien auf Kolumbien, während Argentinien gegen Belgien und Holland gegen Costa Rica antreten muss. Doch erst einmal haben wir drei Tage lang Fußballpause.

Das Wetter ist wunderbar. Ich sitze im Garten, genieße den Berliner Sommer und esse Döner – nirgends auf der Welt gibt es so guten Döner wie in Berlin. Später kaufe ich Schokolade, Gummibärchen und andere Süßigkeiten für meine Kollegen und Freunde in Indonesien.

Ich suche auch nach der Bastian-Colaflasche, werde aber wieder nicht fündig und begnüge mich mit Lars (der bei dieser WM allerdings gar nicht dabei ist), Toni und Mesut.

Stunden verbringe ich am Telefon, spreche mit Freunden, die über ganz Deutschland verteilt sind, um zu erfahren, was es bei ihnen Neues gibt.

Und, wie bei jedem Besuch, lese ich in meinen alten Tagebüchern.

Manchmal versuche ich, mich wieder in bestimmte Phasen meines Lebens zurückzuversetzen. So erlebe ich noch einmal die erste große Liebe, den Umzug nach Japan, die schweren Monate in Bonn und die ersten Annäherungsversuche an Berlin.

Dieses Mal aber suche ich ganz gezielt nach Fußballpassagen.

»Ich möchte herausfinden, ob ich schon immer so besessen von diesem Sport war«, erkläre ich Maya. »Ich kann es mir einfach nicht vorstellen. Es hat doch sehr überhandgenommen in den letzten Jahren.«

Doch meine Recherche ergibt, dass der Fußball sich konstant durch mein Leben zieht, wie ein roter Faden, der alles zusammenhält. Ich finde seitenlange Abhandlungen zu einzelnen Bundesligaspielen, zu großen Turnieren, zu unserer EM-Schmach im Jahr 2000, dann gleich nochmal 2004 und zum tragischen Tod von Robert Enke.

Manchmal mache ich auch nur Bemerkungen am Rande, eine Notiz zum Wechsel von Michael Ballack nach Chelsea, zum Rücktritt von Sebastian Deisler, eingestreut in einem Nebensatz. Aber früher oder später, das wird nach Sichtung der Tagebücher klar, komme ich immer wieder auf den Fußball zurück.

Ich merke auch, dass ich mich vom Wesen her nicht wirklich verändert habe. Die 15-jährige Lara, stelle ich fest, hat heute noch ähnliche Träume und Vorstellungen wie schon in der Grundschule; und wenn ich lese, wie oft ich Schwierigkeiten damit hatte, meine zurückhaltende, schüchterne Art abzulegen, muss ich zugeben, dass es mir im Grunde heute noch genau so geht.

»Heute hat Thomas mit mir Schluss gemacht«, steht in Tagebuch Nummer vier, das ich während meiner letzten beiden

Jahre im Sauerland geführt habe. »Auf einer Party, vor allen Leuten! Ich war am Boden zerstört! Der Grund? Er hat gesagt, ich bin immer so still und ruhig. Damit kann er nichts anfangen. Und zehn Minuten später sah ich ihn mit Lena knutschen.«

Heute kann ich darüber lachen und Thomas dorthin wünschen, wo der Pfeffer wächst. Aber damals saß der Schmerz tief – und führte leider dazu, dass ich mich noch mehr in mein Schneckenhaus zurückzog.

Ich brauche eine gewisse Zeit, um mit Leuten warm zu werden. Wenn ich erst einmal Vertrauen habe, dann kommen auch meine fröhlichen und verrückten Seiten zum Vorschein. Wer nicht geduldig genug ist, darauf zu warten, denke ich mir inzwischen, verpasst eben was!

Der Fußball ist für mich eine wunderbare Möglichkeit, das Eis zu brechen. Wenn ich einmal anfange, über Fußball zu sprechen, und das Gefühl habe, dass mein Gegenüber Interesse signalisiert, sei es auch noch so gering, kann ich reden wie ein Wasserfall, und aus dem ruhigen Mädchen Lara wird auf einmal eine junge, selbstbewusste Frau – ich kann diese Frau gut leiden und freue mich immer wieder darüber, dass der Fußball sie so oft zum Vorschein bringt.

Die spielfreien Tage sind schnell vorbei, und ich bin froh, dass unser Viertelfinale als erstes angesetzt ist. So weiß ich gleich, woran ich bin.

Ich muss gestehen, dass ich Frankreich vor dem Turnier nicht wirklich als ernsthaften Anwärter auf den WM-Titel gesehen habe. Diese hässliche Geschichte vor vier Jahren, als Frankreichs Spieler streikten und in Schmach zurück nach Hause fuhren, hängt ihnen noch immer ein wenig nach, obwohl der neue Trainer, Didier Deschamps, einen guten Eindruck macht. Doch dann kam der Ausfall von Franck Ribery, und ich war mir ziemlich sicher, dass Frankreich nicht in der Lage sein würde, diesen so schnell zu kompensieren. Meine Güte, damit lag ich aber ganz schön falsch! Na klar hatte Frankreich es nicht leicht gegen Nigeria, doch beinahe alle Mannschaften, die im Viertelfinale stehen, inklusive Deutschland, hatten ihre liebe Müh und Not.

Jetzt befürchte ich, dass ich gestraft werde für meine Ignoranz – oder besser, Arroganz –, wenn wir im Viertelfinale auf die Franzosen treffen. Ich entschuldige mich! Wirklich! Bei der französischen Nation und dem Fußballgott gleich mit dazu.

Eine Hiobsbotschaft erreicht uns aus dem Lager der DFB-Elf: Angeblich sind sieben Spieler erkältet und grippegeschwächt, ihr Einsatz gegen Frankreich fraglich. Um welche Spieler es sich dabei handelt, ist unklar. Ist das die Strafe dafür, dass ich Frankreich unterschätzt habe?

Eigentlich kann es ja nur die Schuld von Mats Hummels sein. Sicher hat er alle angesteckt. Wie konnte das nur passieren? Warum hat er sich nicht nach dem ersten Niesen in sein Zimmer eingeschlossen und jeglichen Kontakt zur Außenwelt abgebrochen? Dabei hatte Manuel Neuer doch auf der Pressekonferenz schon bekannt gegeben, dass kein Schafkopf mehr gespielt wird, weil Mats immer derjenige ist, der die Karten austeilt. Haben sie sich doch heimlich zum Kartenspielen getroffen?

Überhaupt, sind unsere Jungs denn nicht gegen Grippe geimpft? Sollten die Mannschaftsärzte sich nicht rechtzeitig um solche Dinge kümmern?

Was, wenn Bastian Schweinsteiger, Toni Kroos, Manuel Neuer, Philipp Lahm, Thomas Müller, Jerome Boateng und Sami Khedira krank sind? Wer soll denn dann bitte gegen Frankreich auf dem Feld stehen?

Vielleicht ist es aber auch nur eine PR-Strategie, um den Gegner zu verwirren, und am Freitag stehen dann doch alle putzmunter auf dem Platz. Und die Franzosen, die geglaubt haben, gegen unsere Reservisten antreten zu müssen, sind so vor den Kopf geschlagen, dass sie keinen vernünftigen Spielzug auf die Reihe kriegen.

In den letzten Tagen wurde auch viel über Toni Schumacher und sein Foul an Patrick Battiston gesprochen. Ich kann mich daran nicht erinnern. Ich war keine drei Jahre alt, als Deutschland bei der Weltmeisterschaft 1982 im Halbfinale auf Frankreich traf.

Aber im Internet gibt es genügend Videos, die zeigen, wie Schumacher beim Versuch, einen Ball zu klären, brutal in seinen Gegenspieler reingeht. Battiston verlor bei der Aktion zwei Zähne und wurde mit einer Gehirnerschütterung vom Platz getragen. Deutschland gewann später im Elfmeterschießen (Schumacher hielt zwei).

Das sind natürlich inzwischen alles olle Kamellen, aber Fußballfans sind manchmal ganz schön nachtragend. Das sehe ich ja an mir selbst. Seit Rudi Völler von Frank Rijkaard angespuckt wurde, habe ich jegliche Sympathien für die holländische Mannschaft verloren, auch wenn die beiden sich schon lange wieder vertragen haben.

Ähnlich wie bei der Schande von Gijón waren die meisten Spieler unserer jetzigen Nationalmannschaft 1982 noch gar nicht geboren, aber die Journalisten stürzen sich liebend gern auf diese dunklen Momente der Fußballgeschichte – ansonsten könnten sie ja auch ihr Soll an Artikeln nicht erfüllen und schon gar nicht an spielfreien Tagen.

»Ich hab die Aufstellung!«, verkünde ich, und Maya, Mama und Papa stellen sich mit erwartungsvollen Gesichtern im Halbkreis um mich herum auf, während ich artig vorlese: »Neuer, Lahm, Boateng, Hummels, Höwedes, Schweinsteiger, Khedira, Müller, Kroos, Özil, Klose.«

Von wegen ein Grippevirus wütet im DFB-Lager! Und Schweinsteiger und Khedira gemeinsam in der Startelf! Wie schön!

»Aha, also keine Viererkette aus Innenverteidigern mehr, sondern Lahm wieder rechts außen«, erkennt Maya sofort fachmännisch.

»Per Mertesacker auf der Bank?«, fragt Mama enttäuscht.

»Vielleicht hat er sich nach drei Tagen in der Eistonne erkältet?«, schlägt Papa als möglichen Grund vor.

»Jerome ist schneller als Per«, mische ich mich ein. »Das ist wichtig in Kontersituationen.«

Wir einigen uns darauf, dass meine Erklärung am plausibelsten klingt, und ich stecke zufrieden mein Handy wieder in die Tasche, bevor wir uns auf den Weg zu Georg und Aiko machen.

Die Straßen sind wie leergefegt. Niemand will das Spiel verpassen, nur einige wenige fußballresistente Berliner lassen sich nicht beirren und gehen ihren tagtäglichen Gewohnheiten nach. Vielleicht haben sie sich aber auch vorsichtshalber in ihrer Wohnung eingesperrt oder sind ins Kino gegangen, damit sie vom Fußballtrubel so wenig wie möglich mitbekommen.

Bei Georg und Aiko ist von einer Fußball-Antipathie natürlich keine Spur. Mit großem Hallo fallen wir ins Wohnzimmer ein, wo uns der Rest unserer Multi-Kulti-Fußballtruppe schon erwartet.

Oliver Bierhoff spricht im Fernsehen gerade über die schwierigen Bedingungen in Rio.

»Es ist stechend warm, es ist sehr unangenehm«, sagt der DFB-Manager. »Das gilt aber auch für die Franzosen. Das Wetter wird uns nicht abhalten, alles zu versuchen.«

Und dann fragt man ihn nach Per Mertesacker, der dieses Mal das Geschehen nur als passiver Zuschauer beobachten darf.

»Der Jogi hat mit ihm persönlich gesprochen. Er hat es super aufgenommen. Es war eine sehr schwere Entscheidung, auch menschlich«, erklärt Bierhoff, und betroffen sehen wir uns alle an. Der arme, arme Per!

»Aber gegen die schnellen und wendigen Franzosen wollen wir mit Jerome in der Mitte lieber jemanden haben, der für die Aufgabe besser geeignet ist«, höre ich Bierhoff nun sagen und triumphierend springe ich vom Sofa auf.

»Habt ihr das gehört? Ich hab's doch gewusst!« Ich kann meinen Stolz kaum verbergen.

Maya zieht mich wieder neben sich. »Gib nicht so an!«

Bierhoff redet immer noch, jetzt gerade über die Veränderungen im Team, mit Lahm wieder zurück in der Abwehr und Klose als Stürmer.

»Bis jetzt ist Jogis Plan hier bei der WM aufgegangen. Aber er hatte jetzt das Gefühl, etwas verändern zu müssen. Das gilt auch für die Hereinnahme von Miroslav Klose. Wollen wir jetzt hoffen, dass diese Veränderungen dann auch greifen.«

Das hoffen wir auch, Olli! Immer, wenn ich Oliver Bierhoff sehe, höre ich automatisch in meinem Kopf »Dany Sahne von Danone, davon krieg' ich nie genug.« Und dann sein jungenhaftes Lachen, das die ganze Werbung noch schlimmer machte, als sie ohnehin schon war, denn singen kann Herr Bierhoff leider nicht so gut wie Golden Goals schießen.

Konzentrier dich, Lara, sage ich zu mir selbst, und schüttele kurz den Kopf, während Bierhoff uns mitteilt, was der Mannschaft heute an taktischen Vorgaben mitgegeben wurde.

»Wir wollen agieren und die Initiative ergreifen. Wir sind immer dann gut, wenn wir uns nicht zurückziehen. Das haben wir in der ersten Halbzeit gegen Algerien nicht gut gemacht und wollen das heute ganz anders machen.«

Ganz anders als gegen Algerien? Ja, da bitten wir doch drum! Bis auf Manuel Neuer natürlich. Der darf gerne so weitermachen wie bisher.

»Maya«, flüstere ich. »Lass uns noch schnell eine Zigarette rauchen und das Video ansehen!«

Meine Schwester wirft mir einen entsetzten Blick zu.

»Ach du meine Güte! Das hätten wir ja fast vergessen!«

Wir schleichen uns auf den Balkon, Maya mit ihrem iPad unter dem Arm, und zünden uns eine Zigarette an, während wir in der Videozusammenfassung sehen, wie Thomas Müller im Liegen eine Vorlage durchsteckt, Miro einen Salto macht, und die Argentinier bedröppelt in die Ferne starren.

»Wie ist das Gefühl?«, frage ich Maya schließlich, und wie immer klingt meine Stimme ein wenig angstvoll, wenn ich diese Worte ausspreche. Denn meine Schwester ist immerhin ein Deutschlandorakel mit bisher hundertprozentiger Quote, was ihre Voraussagen betrifft.

Sie lächelt. Es ist ein strahlendes Lächeln und ich merke, wie mir ganz wohlig im Bauch wird.

»Gut.«

»Kinder, kommt rein, die Spieler stehen schon im Tunnel!«, hören wir Mama rufen, die natürlich genau weiß, dass ihre Töchter nichts verpassen wollen, uns aber gleichzeitig auch davon abhalten will, noch mehr zu rauchen.

Wir nehmen wieder auf dem Sofa Platz, und ich bin ganz ruhig. Nationalhymnen, Anti-Rassismus-Erklärungen, die Begrüßung zwischen den Kapitänen, das alles nehme ich mit einer stoischen Gelassenheit zur Kenntnis.

Doch als die Spieler sich auf dem Feld positionieren, und Schweinsteiger in Großaufnahme eingeblendet wird, machen sich die üblichen Symptome wieder breit, und trotz Mayas positiver Voraussage gerate ich in leichte Panik.

Der Anpfiff des Schiedsrichters treibt mir Schweißperlen auf die Stirn. Nein, Moment, ich bin noch nicht bereit, ich kann jetzt nicht schon wieder neunzig Minuten unter Hochspannung stehen, sonst bekomme ich spätestens mit Vierzig einen Herzinfarkt. Und das alles nur wegen dem Fußball!

Doch die FIFA kümmert sich nicht um das Wohlergehen eines einzelnen Fans in Berlin. The Show must go on.

Ein langsames Abtasten der beiden Mannschaften in den ersten Minuten. Hier und da eine semi-gefährliche Situation. Eine Chance für Frankreich, die Mats Hummels gerade noch so abwehren kann. Oh Mats, bin ich froh, dass du wieder gesund bist!

In der 13. Minute mal Freistoß für Deutschland, eine klare Angelegenheit für Toni Kroos. Jetzt bloß nicht wieder so ein Hingefalle wie beim letzten Mal. Kroos zirkelt den Ball in den Strafraum. Da steht Mats, und verlängert per Kopf unter die Latte und ins Tor. Oh Mats, bin ich froh, dass du wieder gesund bist!

»Toooooor!«, hallt es von allen Seiten durch Georg und Aikos Wohnzimmer. Da wir eine relativ große Gruppe sind, dauert es ein wenig, bis wir uns alle umarmt haben.

»Das haben wir übrigens alles Hansi Flick zu verdanken«, sagt Maya in den Freudentaumel hinein. »Der hat nämlich darauf bestanden, dass die deutsche Mannschaft verstärkt Standardsituationen trainiert und übt.«

Oh Hansi, bin ich froh, dass es dich gibt! Warum willst du uns verlassen? Bevor du das Weite suchst, musst du unserem Jogi aber noch einmal eintrichtern, dass es sich auf alle Fälle lohnt, Standards zu trainieren. Von den missglückten Purzelbäumen und Flugrollen wie im Spiel gegen Algerien bitte ich aber doch demnächst abzusehen.

Trotz der Führung geht es mir nicht wirklich besser. Das ist das Blöde an frühen Toren. Die gegnerische Mannschaft hat noch so viel Zeit, sich wieder zu fangen und auszugleichen. Nicht, dass ich mich beschweren will, aber wenn sich der Spielstand über die nächsten achtzig Minuten nicht ändert und wir bis zum Schluss um den Sieg bangen müssen, dann können Mama und Papa mich nachher bewusstlos zum Auto schleppen.

Leider scheint Frankreich ob des relativ frühen Gegentores keineswegs eingeschüchtert. Ich verstehe gar nicht, wieso. Ein bisschen mehr Panik bitte! Unkonzentriertheit im Spielaufbau bitte! Fehlpässe bitte!

Aber beide Mannschaften bleiben ruhig und konzentriert. Frankreich lässt sich Zeit. Wie ein Tiger, der seine Beute umschleicht, bevor er gnadenlos zuschlägt. Soll heißen: Die Franzosen, bekannt für ihr schnelles Umschalten, warten nur darauf, dass sich eine Möglichkeit ergibt.

Doch die Deutschen sind nicht dumm und antizipieren diese Taktik. Sie stehen defensiv relativ sicher. Oh Mats, bin ich froh, dass du wieder gesund bist! Der Dortmunder Adonis (Worte meines Kollegen, nicht meine eigenen) ist schier unüberwindbar heute.

Je länger die erste Halbzeit dauert, desto schlapper sehen Jogis Männer aus und umso spritziger kommt Karim Benzema daher. Immer häufiger taucht er an unserem Strafraum auf, in einigen Situationen auch durchaus gefährlich.

Wir brauchen dringend die Halbzeitpause. Doch ich frage mich, ob fünfzehn Minuten eigentlich ausreichen, um sich auch nur im Geringsten zu erholen?

Werden Schweinsteiger und Khedira bis zum Schluss durchhalten? Wird man Hummels in einem Sauerstoffzelt wieder aufpäppeln?

Per Mertesacker steht am Spielfeldrand und schleppt fleißig Wasserflaschen für seine Mitspieler heran – neben dem Eistonnenkönig hat er nun auch noch den Titel als würdevollster Bankdrücker Deutschlands sicher. Und obwohl ich vorher nicht gedacht hätte, dass das überhaupt möglich ist, ist Per mir sympathischer als jemals zuvor geworden.

Auch wir nutzen die Pause, um uns mit Flüssigkeit zu versorgen, schnell auf Toilette zu gehen und Panikzigaretten zu rauchen. Ich kann nicht diskutieren, ich muss mich einfach nur erholen.

»Also, in der zweiten Halbzeit müssen wir wirklich vorsichtig sein«, sagt Frank gerade zu Papa, Georg und Timo. Die Männer stehen im Kreis und trinken Bier.

»Die Franzosen sind immer noch brandgefährlich«, stimmt Papa zu. »Da muss man nur einmal nicht aufpassen, und schon ist das Ding drin.«

»Aber wir haben doch Manuel Neuer«, wendet Timo ein, der eher zur Fraktion Mama-wir-schaffen-das-ganz-bestimmt gehört. »An dem muss Frankreich erstmal vorbeikommen. Und wir haben ja gegen Algerien gesehen, dass das fast ein Ding der Unmöglichkeit ist.«

»Tja, aber eben nur fast«, meint Papa. »Die Algerier haben auch getroffen.«

»Ja, schon«, meldet sich nun auch Georg zu Wort. »Aber da war das Spiel ja so gut wie gelaufen, und den Sieg haben sie uns damit trotzdem nicht genommen.«

Doch Papa bleibt standfest, und mir wird wieder einmal deutlich vor Augen geführt, dass ich die Tochter meines Vaters bin. »Das mag schon sein, aber dennoch – ein Tor ist ein Tor«, beharrt er. »Das hat man ja in den anderen Spielen gesehen. Viele Mannschaften haben sich schon als sichere Sieger gesehen, und auf einmal kam dann doch das Gegentor und es gab Verlängerung. Wenn das den Deutschen heute passiert, ein Ausgleichstreffer der Franzosen in der letzten Minute beispielsweise, ist das psychologisch ein ganz großer Nachteil für uns.«

Frank klopft Papa beruhigend auf die Schulter. »Wollen wir hoffen, dass es nicht so weit kommt«, sagt er aufmunternd.

Und das tut es nicht, was wir vor allem unseren Innenverteidigern und unserem Torwart zu verdanken haben.

Mats Hummels und Jerome Boateng stehen sicher, und als ich mir die beiden ansehe, Seite an Seite, bin ich zuversichtlich, dass diese zwei auf Jahre hinaus unser Innenverteidiger-Duo bilden können und sollen. Sie ergänzen sich perfekt: Mats Hummels ist der elegante, intelligente Spieler, während Jerome Boateng mit viel körperlichem Einsatz vorgeht. Beide haben in den letzten Jahren gelernt, dass die Spieleröffnung bereits beim Innenverteidiger, besser noch beim Torwart beginnen muss. Hummels hat außerdem bewiesen, dass er äußerst kopfballstark ist. Hier könnte Boateng noch ein wenig aufholen.

Heute aber machen beide einen exzellenten Job, und wenn ihnen doch einmal ein Franzose entwischt, dann wartet Manuel Neuer im Tor und bringt seine Gegner zum Verzweifeln.

Deutschland steht bereits mit einem Bein im Halbfinale, als Benzema im Strafraum zum Schuss kommt und Neuer zu der besten Parade des Spiels zwingt – und wieder einmal reißt der deutsche Torwart so cool seinen rechten Arm nach oben, um den Ball abzuwehren, dass wir uns alle nur kopfschüttelnd ansehen: Wo nimmt der Kerl nur diese Ruhe und dieses Selbstbewusstsein her?

Die zweite Halbzeit läuft nach dem erwarteten Schema ab: Frankreich, jetzt in Zugzwang, greift an, Deutschland lauert auf Konter. Beide Mannschaften kommen zu Chancen, aber am Ende bleibt das Ergebnis so stehen: 1-0. Halbfinale!

Je weiter wir in diesem Turnier kommen, desto intensiver und emotionaler werden die Spiele. Ich bin glücklich und stimme Manuel Neuer zu, der sagt, dass der Auftritt der Mannschaft »halbfinalwürdig« war. Aber gleichzeitig verlangen mir diese Spiele so viel Energie ab, dass ich abends total erschöpft ins Bett falle – um mich am nächsten Morgen sofort auf die anstehende Begegnung zu konzentrieren.

Zunächst aber heißt es, Brasilien gegen Kolumbien. Es ist eine Partie, die ich mir ohnehin angesehen hätte, aber da der Gewinner unser Gegner im Halbfinale sein wird, ist es natürlich umso wichtiger, eventuelle Schwachstellen auszumachen und Stärken zu erkennen.

Das Spiel wurde angepriesen als das Aufeinandertreffen der zwei Superstars, Neymar gegen Rodriguez. Doch leider wird es kein Fußballfest, sondern eine Partie, in der zunächst die groben Fouls regelmäßig den Spielfluss unterbrechen.

Thiago Silva, Kapitän und Abwehrchef der Selecao, sieht in der 65. Minute die Gelbe Karte und wäre somit für das nächste Spiel gesperrt.

Irgendwann, so scheint es, hat der Schiedsrichter keine Lust mehr, ständig zu pfeifen, und das Spiel entgleit ihm. Zwei Minuten vor Ende der regulären Spielzeit, beim Stand von 2:1 für Brasilien, wird Neymar brutal gefoult. Er bleibt am Boden liegen und muss schließlich vom Platz getragen werden. Doch der Schiedsrichter hält selbst eine Gelbe Karte nicht für angebracht. Es ist still geworden im Stadion von Fortaleza und Neymar weint bittere Tränen – vor Schmerzen, aber vielleicht auch, weil er weiß, dass das Turnier für ihn gelaufen ist.

Unser Gegner heißt also Brasilien. Doch zunächst einmal sind Maya und ich noch sehr betroffen, vor allem als die erste Diagnose eintrifft: Verdacht auf Wirbelbruch.

Im Fernsehen erleben wir einen wütenden Mehmet Scholl, der sich in Rage redet – ein ungewöhnlicher Ausbruch für den sonst relativ ruhigen und reflektierten Experten, aber ich kann ihm nur zustimmen.

»Ich bin sauer, dass Schiedsrichter nicht die Vorgabe haben, brutale Fouls zu bestrafen«, echauffiert sich Scholl.

Er fordert mehr Schutz und Rückendeckung für die Spieler, denn sonst laufen Spiele ganz schnell aus dem Ruder.

»Wenn die Kleinen vernichtet werden, haben wir ein Problem«, schimpft er weiter. »Dann ist das nicht mehr meine Sportart. Das war ein Gladiatorenkampf, kein Spiel. Es ist kein Zufall, dass Spieler wie Mesut Özil bei dieser Weltmeisterschaft nicht zum Zug kommen.«

Sofort wird mir angst und bange um unseren Özil, und ich kann nur hoffen, dass alle das Halbfinale unversehrt überstehen.

Brasilien – Deutschland (1:7)

Spielfreie Tage sind einerseits schön, weil man sich endlich mal mit etwas anderem als Fußball beschäftigen kann. Damit, Freunde zu treffen, zum Beispiel, oder abends in Ruhe im Restaurant zu essen, ohne alle fünf Minuten einen Blick auf die Uhr zu werfen, aus Angst, den Anpfiff zu verpassen.

Andererseits ist man so sehr im WM-Fieber, dass man ganz durcheinander ist, wenn der gewohnte Tagesablauf auf einmal gestört wird. Und je weiter die deutsche Mannschaft in diesem Turnier kommt, desto größer ist die Vorfreude und Euphorie auf die nächste Runde.

Zwischen dem letzten Viertelfinale und dem ersten Halbfinale liegen drei Tage. Brasilien gegen Deutschland, wow. Belgien, lange so etwas wie ein Geheimfavorit, hat gegen Argentinien verloren. In der anderen Partie Holland gegen Costa Rica ging es ins Elfmeterschießen. Es war ein ziemlich einseitiges Spiel, in dem die Holländer auf das Tor von Costa Rica anstürmten, dann aber entweder in die Abseitsfalle tappten oder am überragenden Torwart Keylor Navas scheiterten. Maya ist sogar in der zweiten Hälfte kurz mal eingenickt. Mit jeder weiteren Parade stiegen meine Zweifel daran, dass an den Gerüchten, Navas werde zur nächsten Saison zu den Bayern kommen, wirklich etwas Wahres ist. Was soll denn so ein klasse Torhüter wie Navas in München auf der Bank? Das wäre ja die absolute Verschwendung.

Das Spiel jedenfalls nahm eine interessante Wendung, als Hollands Trainer Louis van Gaal kurz vor Ende der Verlängerung den Torwart auswechselte. So etwas hatte ich noch nie erlebt. Für Jasper Cillessen stand also Tim Krul auf dem Platz – und wurde zum Held des Abends mit zwei gehaltenen Elfmetern. Bei mir hat er sich trotzdem alles andere als beliebt gemacht. Wie er vor jedem Schuss den Gegner provozierte, den Schützen mitteilte, er wisse genau, in welche Ecke des Tores sie schießen würden – pfui, wie unsympathisch und unsportlich. Seltsam, dass der Schiedsrichter das so durchgehen ließ.

Das zweite Halbfinale heißt also Holland gegen Argentinien. Zugegebenermaßen sind beide keine Fußballnationen, die bei mir hoch im Kurs stehen. Aber darum geht es auch nicht. Ich will mich ja eigentlich nicht zu weit aus dem Fenster lehnen, ertappe mich aber dennoch dabei, dass ich mir bereits überlege, wen ich lieber als Finalgegner für die Deutschen hätte. Ich glaube, die Argentinier. Aber nein, lieber nicht soweit denken, nachher geht es schief. Erst einmal müssen wir am Dienstag Brasilien schlagen und das wird schon schwierig genug werden. Ich freue mich jetzt schon auf das Pfeifkonzert.

Bevor es weitergeht mit dem Fußball, machen Mama, Papa, Maya und ich einen Tagesausflug ins Sauerland. Wir fahren nach Hagen, um unsere Großtante zu besuchen, die dort seit einigen Monaten im Seniorenheim wohnt.

Im Morgengrauen stehen wir in Berlin am Hauptbahnhof, natürlich viel zu früh, da Papa sich immer Sorgen macht, wir könnten den Zug verpassen. Mit genug Proviant, bestehend aus Butterbroten und Kaffee, lässt sich die Wartezeit aber einigermaßen gut überbrücken, obwohl Mama entsetzt dreinblickt, als sie feststellt, dass von ihren liebevoll geschmierten Käse- und Wurstbroten nur noch die Hälfte übrig ist, bevor die Bahn überhaupt eingefahren ist.

Ein besonderes Merkmal von Third Culture Kids wie Maya und mir ist, dass sie überall und nirgends auf der Welt zu Hause sind. Sie haben keine richtigen Wurzeln, da sie ständig in neue Länder und Städte ziehen, und kaum haben sie dort Fuß gefasst und sich eingelebt, geht es meist auch schon wieder weiter.

Trotzdem, als wir nach einigen Stunden mit der Regionalbahn am Hagener Hauptbahnhof eintrudeln und ich aus dem Fenster sehe, überkommt mich ein fast heimatliches Gefühl. Hagen, das Tor zum Sauerland. Nur weitere zwanzig Minuten von hier habe ich vier Jahre meiner Jugend verbracht. Es war eine gute Zeit mit vielen unvergesslichen Momenten: meine beste Freundin, die ich in der siebten Klasse kennengelernt habe und die bis heute noch einen ganz besonderen Platz in meinem Herzen einnimmt. Mein erster Kuss, an meinem 13. Geburtstag, bei einem heimlichen Spaziergang auf dem Pausenhof der benachbarten Hauptschule. Die Disko im Jugendzentrum, die jeden zweiten Samstag von sechs bis zehn stattfand und ein Highlight für mich und meine Freundinnen war. Das Eiscafé in der Stadtmitte, in dem es den besten Erdbeerbecher der Welt gab. Die Spaziergänge am Sonntagnachmittag in der wunderbaren Landschaft. Das Tennistraining und die Turniere, bei denen ich im Doppel gemeinsam mit Maya antrat. Mein Fahrradunfall, der es mir ermöglichte, die Bundesjugendspiele zu versäumen – welch ein glücklicher Zufall.

»Lara, kommst du?«, reißt Maya mich aus meinen Gedanken.

Wir fahren mit dem Taxi zum Seniorenheim. Es ist unser erster Besuch hier und ich freue mich zu sehen, wie Tante Irma aufgeblüht ist. Vorher war sie alleine in ihrer kleinen Wohnung, hatte kaum noch Anschluss an die Außenwelt und da sie keine eigenen Kinder hat, muss sie sich wahnsinnig einsam gefühlt haben. Seit sie im Seniorenheim lebt, ist sie viel aktiver geworden. Sie nimmt regelmäßig an Veranstaltungen teil und ist sogar nach nur vier Wochen in den Bewohnerrat gewählt worden. Das kommt daher, dass sie sich nicht davor scheut, ihre Meinung zu sagen, auch wenn sie damit nicht immer auf Gegenliebe stößt, teilt sie uns stolz mit.

Papa ist ihr Neffe, und die beiden hatten schon immer ein gutes Verhältnis. Wir sitzen erst eine Weile bei ihr im Zimmer und beschließen dann, in das Café umzuziehen, um ein Stück Kuchen zu essen.

Im Fahrstuhl bemerke ich sofort einen Zettel, auf dem steht: »WM-Spiele im Erdgeschoss, Gemeinschaftsraum.«

»Guckst du dir auch die Fußballspiele an, Tante Irma?«, frage ich.

»Natürlich!«, entgegnet sie mit Nachdruck. »Wir müssen unsere Jungs doch unterstützen!«

Das Café füllt sich langsam mit anderen Bewohnern, die sonntags Besuch von ihrer Familie bekommen haben oder einfach den schönen Sommertag bei einer Tasse Kaffee genießen wollen.

Am Nebentisch versammelt sich eine Gruppe von drei älteren Damen, die lautstark über eine gewisse Frau Albrecht diskutieren. Frau Albrecht war offenbar mit ihren Enkelkindern in den Urlaub gefahren und als sie nach einer Woche wieder ins Seniorenheim zurückkehrte, hatte sie eine neue Mitbewohnerin in ihrem Doppelzimmer, ohne dass man ihr vorher Bescheid gegeben hatte!

Inmitten ihrer Unterhaltung bemerken die Damen, dass die Sitzkissen auf ihren Stühlen fehlen. »Deswegen ist das so unbequem an meinem Popo«, sagt eine der Drei. Mit ihrer kieksigen Stimme klingt wie Rose aus Golden Girls. »Wo gibt es denn diese Kissen?«

Die anderen zucken mit den Schultern und sehen sich um.

»Ist doch egal. Ich brauche ja sowieso keins!«, kichert die Zweite im Bunde, die in einem gepolsterten Rollstuhl sitzt.

Maya und ich stehen auf und bieten ihnen unsere Kissen an.

Rose und Seniorenheim-Bewohnerin Nummer drei bedanken sich artig und führen ihr privates Gespräch fort. Da ältere Menschen oft nicht mehr gut hören, tendieren sie allerdings dazu, laut zu sprechen, ohne es zu merken.

»Also die beiden habe ich hier noch nie gesehen. Die kommen sicher nicht aus Hagen«, stellt Rose gerade fest und deutet auf Maya und mich. »Aber sind ja scheinbar ganz in Ordnung.«

Wir grinsen uns nur an; wir kennen das noch von unserer eigenen Großmutter, die einmal, als sie in der Reha-Klinik war, keine Lust hatte, ans Telefon zu gehen, um Genesungswünsche entgegenzunehmen.

Maya fiel die Aufgabe zu, erst einmal zu prüfen, wer am Apparat war.

»Oma«, sagte sie dann, die Sprechmuschel des Hörers sorgfältig mit der Hand abgedeckt. »Frau Lehmann ist dran.«

»Wer? Frau Lehmann? Ach nein, mit der will ich jetzt nicht sprechen!«, entgegnete unsere Oma so laut, dass die arme Frau Lehmann am anderen Ende der Leitung jedes Wort verstehen konnte.

»Frau Lehmann, im Moment passt es gerade nicht so gut«, sagte Maya schließlich peinlich berührt, doch die gute Frau Lehmann lachte nur und versprach, sich später noch einmal zu melden.

Im Hagener Seniorenheim unterhalten sich unsere Tischnachbarinnen gerade über die Fußball-WM.

»Wie, heute gibt's kein Fußball?«, fragt Rose empört.

Die Dame im Rollstuhl schüttelt vehement den Kopf, und erst jetzt bemerke ich, dass an den Armlehnen Deutschland-Girlanden befestigt sind. »Nein, erst am Dienstag wieder, da spielen wir gegen Brasilien«, erklärt sie ein wenig ungeduldig. »Das ist das Halbfinale. Wenn wir das gewinnen, dann stehen wir im Finale. Habt ihr gehört? Im Finale!«

Ihre Freundinnen machen große Augen, scheinen den Enthusiasmus aber nicht vollständig nachvollziehen zu können.

»Ist das denn so wichtig?«, fragt die eine, und unsere Rollstuhlfahrerin plustert sich auf.

»Natürlich ist es das!«, ruft sie. »Fußball ist jetzt unser Leben!«

Und während sie den beiden Unwissenden in allen Einzelheiten erläutert, warum Deutschland endlich mal wieder eine WM gewinnen muss, spukt es durch meinen Kopf: Habe ich gerade meine eigene Zukunft gesehen?

Wir haben die Rückfahrt so spät wie möglich gebucht, doch um sechs Uhr verkündet Tante Irma, dass es für sie nun Abendessen gebe und wir sie doch bitte entschuldigen mögen.

Etwas belämmert machen wir uns auf den Weg zum Bahnhof und schlagen die restlichen zwei Stunden bei McDonalds mit Cheeseburger und Pommes tot.

Als wir endlich in der Bahn sitzen und das Tor zum Sauerland wieder hinter uns lassen, ohne es eigentlich durchschritten zu haben, machen Maya und ich uns sofort auf die Suche nach Fußballnachrichten – ist in den letzten Stunden womöglich etwas vorgefallen, das wir während unseres Besuchs bei Tante Irma verpasst haben?

Maya sieht es zuerst und legt ihre Hand auf meinen Arm.

»Lara! Schweinsteiger spricht wieder!«

»Wie bitte? Mit den deutschen Medien? Bist du sicher?«, frage ich ungläubig.

»Ja! Er war bei der Pressekonferenz dabei!«

Sie tippt auf ihrem iPad herum, bis sie das richtige Video findet, und stöpselt ihre Kopfhörer ein, damit wir uns die Pressekonferenz in voller Länge ansehen können. Ja, genau – in voller Länge. Die Highlights, eine Zusammenfassung von nur wenigen Minuten, sind schließlich nur für Anfänger.

Eine halbe Stunde später lächeln wir selig. Schweinsteiger ist gut drauf, wie er versichert, er freue sich auf das Halbfinale und sei positiv gestimmt.

Warum er sich den Medien so lange verweigert habe, wollte ein Journalist wissen.

Doch Schweinsteiger wich dieser Frage ganz lässig aus, betonte, dass er sich darauf konzentriert habe, gesund und fit zu werden.

»Ich bin nicht der Freund von großem Drumherumreden, sondern spreche die Dinge lieber intern an«, lässt er verlauten und damit ist die Sache für ihn erledigt. Für mich übrigens auch.

Schweinsteiger merkt außerdem noch an, dass dies bei Weitem nicht seine letzte Weltmeisterschaft sein muss. Er wird am 1. August 30 Jahre alt. Bei der nächsten WM wäre er also fast 34. Seiner Ansicht nach nicht zu alt, um noch in der Nationalmannschaft mitzumischen. Zum Vergleich: Andrea Pirlo ist inzwischen 35 Jahre alt, und war trotzdem ein fester Bestandteil der Azzurri. Miroslav Klose ist 36 und in Brasilien regelmäßig zum Einsatz gekommen. Warum also nicht?

Andererseits ist Schweinsteiger verletzungsanfällig geworden, und mit zunehmendem Alter wird das sicher schlimmer werden. Vielleicht schafft er es nicht, das hohe Niveau über vier weitere Jahre zu halten. Ich würde mich natürlich freuen, wenn er dem DFB-Team so lange wie möglich erhalten bliebe.

Obwohl Schweinsteiger gute Laune und Optimismus versprüht und Jogi, wie er es so schön sagte, tiefenentspannt ist, mache ich mir Sorgen um das anstehende Spiel.

Längst verblasste Erinnerungen an unser verlorenes Halbfinale gegen Italien 2006 brechen wieder hervor und sie sind genauso schmerzvoll wie vor acht Jahren. Der weinende Michael Ballack. Der am Boden zerstörte Per Mertesacker. Der enttäuschte Torsten Frings. Die feiernden Italiener. Dieser Blick von Jürgen Klinsmann, eine Mischung aus tiefer Traurigkeit, Wehmut, aber auch Stolz.

Ich möchte das nicht noch einmal erleben. Dieses Gefühl, alles gegeben zu haben, doch am Ende hat es nicht gereicht. Das war gegen Spanien vor vier Jahren anders. Da waren die Deutschen klar unterlegen und sind verdient ausgeschieden. Doch gegen Italien damals, da hätte das Halbfinale auch genauso gut zu unseren Gunsten ausgehen können. Genau das war es, was mir das Herz gebrochen hat. Nein danke, nie wieder, denke ich. Nie wieder!

Eine Stunde vor Anpfiff beginnen Maya und ich mit unseren üblichen Ritualen. Danach stelle ich meine Colaflasche bereit. Heute trinke ich eine Coke auf Mats und wenn das nicht ausreicht, steht Mario schon bereit. Ich bin mir nicht sicher, ob eigentlich Mario Götze oder Mario Gomez gemeint ist, doch da ich beide gut leiden mag, kümmert es mich nicht. Bastian ist weiterhin unauffindbar.

Ich bemerke, wie Maya etwas verunsichert am Esstisch steht und sich an der Stuhllehne festhält.

»Was ist denn mit dir los?«, will ich wissen, und sofort mache ich mir Sorgen. »Oh nein! Sag nicht, du hast ein schlechtes Gefühl?«

Sie schüttelt stumm den Kopf.

»Maya!«, sage ich nun in einem scharfen Tonfall. »Was dann?«

»Klose macht heute sein Tor, da bin ich mir sicher«, antwortet Maya schließlich. »Aber da ist noch etwas anderes ... Ich glaube, das wird heute nichts für Brasilien.«

Ich starre sie an. Meint sie das ernst? Klar, Brasilien muss auf Neymar und Thiago Silva verzichten. Diese beiden Ausfälle wiegen schwer, müssen aber nicht zwingend ein Vorteil für uns sein. Manchmal ist es auch so, dass eine Mannschaft in solch einer Krisensituation noch enger zusammen- und über sich hinauswächst.

Einerseits bin ich beruhigt, dass Maya an einen Sieg der Deutschen glaubt. Andererseits wird es für mich immer schwerer, mich auf ihr Urteil zu stützen, je länger das Turnier dauert. Ein Irrtum ihrerseits würde eine mittelschwere Katastrophe bedeuten. Deswegen hält sie sich mit ihren Andeutungen auch zurück und teilt nur mir mit, welche abenteuerlichen Gedanken durch ihren Kopf spuken. Ich nehme sie an die Hand und ziehe sie in Richtung Sofa.

»Dann hoffen wir mal, dass du dich nicht täuschst«, sage ich und gebe ihr einen freundschaftlichen Klaps auf den Rücken. »Also, dein Gefühl ist richtig gut?«

»Gut, ja, es ist gut«, sagt sie.

Mama hat vor lauter Aufregung bereits eine halbe Tüte Chips gegessen, während Papa noch mit der Nase in seinem Buch steckt.

»Wie kannst du jetzt noch lesen?«, fragt Mama empört. Papa verdreht die Augen und legt den Krimi beiseite.

Kurz vor Anpfiff wird noch ein Interview mit Löw gezeigt, das wahrscheinlich schon am Vortag gemacht wurde. Er zeigt sich betont gelassen, und als zuletzt die Frage kommt, was sein Bauchgefühl sage, lächelt er: »Gut, ja, desch is gut.«

Wieder starre ich Maya entgeistert an, die vor fünf Minuten genau das gleiche zu mir gesagt hat, natürlich ohne den schwäbischen Akzent.

»Jogi und ich, wir verstehen uns«, nickt sie nur und tut so, als wäre dieser Zufall das Normalste auf der ganzen Welt.

Deutschland beginnt zunächst mit dem gleichen Team wie gegen Frankreich. Dies ist keine große Überraschung, schließlich hat es gegen die Équipe Tricolore ja gut geklappt.

Gäbe es für die sangesfreudigste Mannschaft auch einen Preis, würde dieser ohne Zweifel an die Brasilianer gehen. Wenn sie gleich so leidenschaftlich spielen, wie sie bei der Nationalhymne mitsingen, dann muss Deutschland sich warm anziehen. Ich hoffe, die schwarz-roten Trikots bringen kein Unglück. Irgendwie kann ich mich nicht so recht mit ihnen anfreunden.

Die Kamera schwenkt über die Gesichter unserer Spieler. Sie sehen konzentriert aus, ruhig und selbstbewusst. Eine Welle der Zuneigung erfasst mich, und das erste Mal in meinem Leben bekomme ich eine Gänsehaut, als unsere Nationalhymne erklingt.

Wow, denke ich, soweit ist es nun also gekommen! Nun ist die Gänsehautentzündung sicher auch nicht mehr weit.

»Kommt, Jungs!«, brülle ich Richtung Fernseher und Belo Horizonte. Ich ernte überraschte Seitenblicke meiner Familie, da ich mich heute schon so früh und so enthusiastisch zu Wort melde. »Auf geht's! Bringt uns ins Finale!«

Schiedsrichter Marco Rodriguez pfeift an, und ich mache mich gefasst auf eine mindestens neunzig Minuten lange Achterbahnfahrt der Gefühle.

Brasilien übernimmt zunächst die Initiative und stürmt auf das Tor von Manuel Neuer. Es dauert einige Minuten, bis die Deutschen ein wenig Ruhe ins Spiel bringen können und sich auch mit ersten Offensivaktionen ins Geschehen einschalten.

Thomas Müller und Sami Khedira starten einen Konter, kommen aber nicht zum Abschluss. Immerhin, eine Ecke haben sie rausgeholt, und wir wissen ja inzwischen alle, wie brandgefährlich die Deutschen in Standardsituationen sind. Am besten wäre es, wenn Toni Kroos einfach für Hummels auflegen würde, dann wäre die Führung so gut wie sicher.

Doch es ist nicht Hummels, der trifft, sondern Müller! Dieser unglaubliche Müller! Wie kann man den bitte so frei im Strafraum agieren lassen? Ja, haben die Brasilianer denn ihre Hausaufgaben nicht gemacht? Ein Thomas Müller muss immer gedeckt werden, am besten gleich von der gesamten Hintermannschaft! Und wenn das nicht geschieht, passiert genau das, wovon wir soeben Zeugen wurden: ganz lässig schießt er den Ball volley ins Tor.

»Jawohl!«, schreien wir wie wild durcheinander und imitieren den Müller-Jubel, einfach, um mal ein wenig Abwechslung in unsere sonstigen Umarmungen zu bringen. Mama hüpft wie ein Gummiball auf und ab. Nach nur elf Minuten bereits das erste Tor. Wenn das mal kein Traumstart war!

Hansi, du Fuchs, noch einmal einen ganz herzlichen Dank für dein stures Beharren auf das Training von Standards. Wir verneigen uns vor dir.

Die Selecao ist mit dem Rückstand natürlich gar nicht einverstanden und attackiert wild und heftig. Doch selbst in ihrer Sturm-und-Drang-Phase lässt sich unsere Defensive rein gar nicht aus der Ruhe bringen. Als Marcelo gefährlich in den Strafraum vordringt, hat er wohl nicht mit der Weltklasse unseres Philipp Lahm gerechnet. Wie ein Chirurg am Operationstisch trennt er den Brasilianer sauber vom Ball.

Marcelo gerät daraufhin mit Jerome Boateng aneinander – was genau der mit der Situation zu tun hatte, verstehe ich auch nicht so recht. Ich weiß nur, dass er sich am besten schnell wieder beruhigen sollte, bevor der Schiedsrichter Gelegenheit hat, die ersten Karten zu verteilen. Jerome, hör auf mit dem Quatsch und konzentriere dich lieber auf das Wesentliche, Fußball spielen. Die beiden Streithähne trennen sich wieder und ich atme erleichtert auf.

Da Brasilien so ziemlich alles nach vorne wirft, haben die Deutschen oft viel Platz. Trotzdem können sie diesen Vorteil bislang noch nicht richtig nutzen. Klose arbeitet sich langsam nach vorn, hier ein Versuch, da ein Schuss, allerdings noch ohne Erfolg.

Jetzt, noch einmal die Möglichkeit. Klose schießt, Brasiliens Torwart reagiert schnell – aber nicht schnell genug, denn der Ball prallt nur an ihm ab, und Miro ist da, um einzuschieben. Es steht 2:0! Es ist Miros sechzehnter Treffer bei einer WM, damit ist er alleiniger Torschützenkönig. In seiner Kabine vergießt Ronaldo wahrscheinlich gerade bittere Tränen. Vielleicht ist er auch vor lauter Schreck vom Stuhl gefallen und musste die Berichterstattung für das brasilianische Fernsehen unterbrechen.

»Aufgrund eines unvorhergesehenen Notfalls musste sich unser Kommentator vorzeitig verabschieden.« Und tschüss.

Wir in Berlin-Steglitz haben auch feuchte Augen, aber selbstverständlich aus anderen Gründen. Dass Klose ausgerechnet gegen Brasilien dieses historische Tor geschossen hat – besser hätte der beste Drehbuchautor diese Liebesgeschichte nicht schreiben können. Miro und die Nationalmannschaft, die glücklichste Beziehung, die es jemals gab, mit einem zuckersüßen Happy End.

Ich bin erleichtert, dass er sich nicht an einem Salto versucht, aber sein strahlendes Gesicht schüttet ebenso viele Glückshormone in mir aus.

2:0! Wer hätte das vor dem Spiel gedacht! Und das nach nur 23 Minuten! Ja, gibt's denn sowas!

Ich setze mich wieder aufs Sofa, nur um sofort wieder aufzuspringen. Lahm spielt einen gefühlvollen Pass auf Toni Kroos, und der versenkt den Ball im Tor von Julio Cesar.

»Toooor«, rufen Papa und Maya und reißen die Arme nach oben.

3:0! Wie bitte? Was ist denn jetzt los? Wir klatschen begeistert in die Hände, wenn auch etwas ungläubig. Kann mich mal jemand kneifen? Träume ich etwa? Aber nein, dort oben, rechts auf unserem Fernsehbildschirm, da steht es: Deutschland 3. Brasilien 0. Täusche ich mich oder sieht Kroos beinahe peinlich berührt aus?

Es ist kaum eine weitere Minute vergangen, da folgt der nächste Angriff der Deutschen. Khedira und Kroos spielen den Doppelpass am Sechzehner und Kroos' Schuss landet schon wieder im gegnerischen Tor.

»Wieso zeigen die denn ständig die Wiederholung?«, fragt Mama verwirrt.

»Nein, das war keine Wiederholung, das war das vierte Tor«, antworte ich, und obwohl ich mir sicher bin, dass dies der zweite Treffer in Folge von Toni Kroos war, klingt meine Stimme ähnlich ratlos wie ihre.

Wir sind alle ein wenig betreten, schütteln die Köpfe ob dieser Ungeheuerlichkeit, die sich vor unseren Augen abspielt. Noch einmal ganz langsam. Deutschland spielt gerade gegen Brasilien, den Gastgeber dieser WM. Es ist das Halbfinale. Das heißt, es sind nur noch vier Mannschaften im Wettbewerb. Die Uhr zeigt 26 gespielte Minuten an. Und es steht 4:0 für Deutschland.

Papa schaut mit zusammengekniffenen Augen auf den Fernseher, Mama hat immer noch die Hand vor den Mund geschlagen und rührt sich nicht. Selbst Maya hat es scheinbar die Sprache verschlagen. Es ist so still bei uns im Wohnzimmer, dass man meinen könnte, Deutschland habe soeben das Spiel verloren.

Der Kommentator gratuliert dem DFB-Team schon einmal zum Einzug ins Finale, und mit einem Schlag sind wir alle wieder zurück in der Realität.

»Ach, halt doch den Mund«, ruft mein Vater unwirsch. »Das ist mehr als überheblich.«

»Erinnert ihr euch noch an das Spiel gegen Schweden?«, frage ich in die Runde, und alle nicken, doch niemand – noch nicht einmal ich selber – glaubt wirklich daran, dass die Deutschen noch einmal so dumm sind, eine 4:0-Führung leichtfertig zu verspielen.

Als ob die Jungs diesen Gedanken bestätigen wollen, sehe ich, wie Khedira von Özil freigespielt wird. Die Brasilianer sind völligst von der Rolle; niemand versucht auch nur ansatzweise, Khedira den Ball abzunehmen, so dass der auch mal sein Glück versuchen darf. Und da heute scheinbar jeder Schuss ein Tor ist, muss Julio Cesar schon wieder hinter sich greifen.

»Steht es wirklich 5:0?«, fragt Mama vorsichtig.

»Sind seit dem letzten Tor tatsächlich erst drei Minuten vergangen?«, antwortet Maya mit einer Gegenfrage. Beides kann ich bejahen.

Im Stadion weinen die brasilianischen Fans, sie sind fassungslos, erschüttert. Sie hatten gewusst, dass es schwer werden würde, doch dass ihre Mannschaft völlig einbricht, damit haben sie nicht gerechnet. Thiago Silva sitzt auf der Tribüne und vergräbt sein Gesicht immer tiefer unter seiner Mütze.

Die Selecao rettet sich irgendwie in die Halbzeitpause und muss unter einem gellenden Pfeifkonzert das Feld verlassen. Mit hängenden Köpfen schleichen sie in ihre Kabine und sehen wirklich ganz elendig aus.

Papa steht auf und holt die Schnapsflasche aus dem Schrank.

»Also, meine drei Frauen, ich weiß nicht, wie es euch geht, aber ich brauche jetzt erst einmal was zu trinken«, sagt er und schenkt uns allen ein Gläschen ein. Nicht einmal, um zu feiern, sondern vielmehr, um die aufgewühlten Gemüter zu beruhigen.

Ich werfe einen Blick auf mein Handy. Auch meine Fußballgruppe in Indonesien kann nicht glauben, was in der ersten Halbzeit vorgefallen ist.

»Ich bin zu spät aufgewacht«, schreibt Mikael, denn in Jakarta ist es bereits fünf Stunden später. »Das Spiel hatte schon angefangen, und es stand 1:0. Ich bin dann in die Küche gegangen, um mir einen Kaffee zu machen, und als ich wiederkam, führte Deutschland schon 4:0. Ich gehe jetzt wieder schlafen. Meine Kräfte spare ich mir lieber für das Finale auf.«

Alice hat Mitleid mit den Brasilianern.

»Lara, ich freue mich wirklich sehr für die Deutschen, aber ich will mir die zweite Halbzeit fast gar nicht mehr ansehen! Was, wenn noch einmal so viele Tore fallen?«

Nigel betrachtet das Ganze aus einer journalistisch angehauchten Perspektive.

»So viele Brasilianer haben sich gegen die WM in ihrem Land ausgesprochen«, sagt er. »Solange die Mannschaft gewonnen hat, war alles gut. Aber was jetzt? Ich hoffe, es kommt nicht zu Ausschreitungen. Und ich hoffe, die Deutschen haben heute eine extra Gruppe Sicherheitsbeamte engagiert, die sie zurück ins Hotel bringen.«

Jo bringt seine Gefühle klar und deutlich auf den Punkt: »Hahahaha, woohooo!«

Und Iqbal, der Letzte im Bunde, hat scheinbar schon aufgehört, sich für die WM zu interessieren, weil Frankreich bereits ausgeschieden ist. Er bleibt stumm. Ich gehe davon aus, dass er längst schläft.

Wir stoßen an und stürzen den Schladerer in unseren Rachen. Maya und ich gehen wie immer schnell auf die Terrasse, um zu rauchen, doch noch immer fehlen uns die Worte, um über die erste Halbzeit zu sprechen.

Ich frage mich, ob Löw eine Ansprache hält, und was er den Jungs wohl für die zweiten fünfundvierzig Minuten mit auf den Weg geben wird. Vielleicht schickt er ja gleich Zieler, Durm und Großkreutz aufs Feld? Und was geschieht bei den Brasilianern? Wird Scolari seinen Spielern Mut machen? Geht das überhaupt noch? Oder wird er ihnen einfach ans Herz legen, die zweite Halbzeit würdevoll zu Ende zu bringen, da sie schließlich eine Bringschuld ihren Fans im Stadion, ach, was sage ich, dem ganzen Land gegenüber haben?

In der zweiten Halbzeit ziehen sich die Deutschen zunächst einmal respektvoll zurück und lassen den Gegner kommen. So hat Manuel Neuer erstmals in dieser Partie Gelegenheit, sich auszuzeichnen. Und wie! Klasse, wie er das macht! Gleich drei Glanzparaden hintereinander von unserem Keeper. Für mich ist spätestens jetzt klar, dass er den Goldenen Handschuh bekommen wird, der den besten Torwart der WM auszeichnet, egal, was noch kommen mag.

Andre Schürrle wird für Miroslav Klose eingewechselt, und wie immer wird er seinem Ruf als Edel-Joker gerecht: Er steht keine zehn Minuten auf dem Platz, da schießt er schon ein Tor, und es steht – wir können es immer noch kaum glauben – 6:0.

Kurz danach darf auch der bärenstarke Sami Khedira Kraft für das Finale tanken – ich denke, wir können inzwischen davon ausgehen, dass Deutschland ins Endspiel einziehen wird – und Julian Draxler kommt zu seinem WM-Debüt.

Trotzdem ist es wieder einmal Schürrle, der in der 79. Minute erhöht. Es steht tatsächlich 7:0. Sieben Tore hat sich Brasilien eingefangen, und, ja, die Spieler können einem wirklich leidtun. Selbst das Tor von Oscar, der Ehrentreffer in der 90. Minute, wird niemanden mehr erfreuen können. Manuel Neuer ist sauer, und prompt bekomme ich eine SMS von Alice.

»Warum ist Neuer so wütend? Das eine Tor macht doch nun auch keinen Unterschied mehr. Lasst den Brasilianern dieses kleine Trostpflaster.«

Das mag schon sein – aber ein Torwart will seinen Kasten eben sauber halten, egal bei welchem Spielstand. Wenige Augenblicke später ist alles vorbei.

Wir lassen uns das Resultat noch einmal ganz langsam auf der Zunge zergehen. Deutschland 7. Brasilien 1. Finale, Finale, Finale!

Na klar freue ich mich über das phänomenale 7:1, aber das heißt nicht, dass ich ein Herz aus Stein habe. Den weinenden David Luiz, der sich beim brasilianischen Volk für die katastrophale Leistung entschuldigt, mag ich mir gar nicht ansehen.

»Ich wollte die Menschen nur glücklich machen«, schluchzt er, und ich schließe die Augen. »Mein Volk, das sowieso schon so viel leiden muss. Leider hat das heute nicht geklappt. Es tut mir so leid, und ich entschuldige mich bei allen Brasilianern. Ich wollte sie heute lächeln sehen.«

Und Dante, oh Dante! Der fröhliche Brasilianer mit dem Lockenkopf, den Mama immer liebevoll als unseren »Vileda Wischmop« bezeichnet, ist ein Sympathieträger beim FC Bayern. Er ist ein kleiner Sonnenschein. Kaum steht er auf dem

Platz, sieht die Welt gleich ein wenig heller und freundlicher aus, und das selbst im tiefsten bayerischen Winter.

In Sachen Nationalmannschaft war Dante ein Spätzünder. Erst 2013, als 29-Jähriger, wurde er zum ersten Mal in den Kader berufen. Er war überglücklich, als Trainer Scolari ihn für die WM im eigenen Land nominierte, wenn auch schon schnell klar wurde, dass er lediglich Ersatzspieler war. Es schien Dante nicht allzu viel auszumachen. Videos, die während der WM gedreht wurden, zeigten ihn im Mannschaftsbus mit einer Ukulele, wie immer mit einem strahlenden Lächeln im Gesicht.

Als Brasilien gegen Kolumbien nicht nur Neymar verlor, sondern aufgrund der einmaligen Sperre nach einer Gelben Karte auch Kapitän Thiago Silva, bedeutete dies, dass Dante ihn gegen Deutschland ersetzen würde.

Eigentlich eine prima Sache. Sein erster Einsatz bei der WM und dann gleich gegen die Deutschen, von denen er mit den meisten mehr als gut bekannt ist. Dann dieses Debakel! Sein erstes und voraussichtliches letztes WM-Spiel wird zum Alptraum. Ich mag mir gar nicht ausmalen, was in seinem Kopf vorgeht.

Die Deutschen feiern und jubeln nach dem Abpfiff nicht ausgelassen, sondern gehen zu ihren Gegnern, um sie zu trösten. Das ist eine große Geste und zeugt von Respekt. Ich bin froh, dass sie den Anstand dazu haben. Als ich sehe, wie Schweinsteiger und Müller den Arm um Dante legen, und später noch Boateng hinzukommt, um ihm aufmunternd durch die Haare zu wuseln, weiß ich, dass er noch einige Zeit an diesem Spiel zu knacken haben wird, aber sein Lachen sicher nicht verlernt hat.

Luiz Gustavo, der andere Bundesliga-Star in der Selecao, ringt immer noch nach den richtigen Worten, er ist wie versteinert, seine Miene leer.

»Wir haben gegen eine gute Mannschaft gespielt, sogar gut angefangen«, sagt er. »Aber dann ist nach zehn Minuten etwas passiert mit uns, ich weiß nicht, was.«

Es ist ein Jammer, aber trotzdem – unsere Freude kann und darf es nicht trüben. Finale. Deutschland steht im Finale der Fußballweltmeisterschaft. Und dieses Mal, Freunde, dieses Mal wird uns nichts und niemand davon abhalten, den vierten Stern zu holen, weder unsere fliegenden Nachbarn aus Holland noch die temperamentvollen Argentinier.

Nach dem historischen Sieg gegen Brasilien können wir uns entspannt das zweite Halbfinale ansehen. Maya und ich treffen uns zum Abendessen mit einem guten Freund von mir – Daniel aus dem Sauerland, mit dem ich seit der siebten Klasse befreundet bin. Er ist eine der treuesten Seelen, die ich kenne, hat mir früher seitenlange Briefe nach Japan geschrieben und seit dreiundzwanzig Jahren kein einziges Mal meinen Geburtstag verpasst. Als ich in Bonn studiert habe, lebte er in der schönen Nachbarstadt Köln. Später kam er mich einmal in Indonesien besuchen und vor zwei Jahren ist er nach Berlin gezogen. Daniel war einer der wenigen Lichtblicke meiner Zeit in Bonn. Wenn mir in unserer Wohnung die Decke auf den Kopf fiel, bin ich in die nächste Regionalbahn gestiegen und auf ein Bier zu ihm nach Köln gefahren.

Daniel ist auch ein Fan von Bayern München, was uns natürlich noch enger zusammenschweißt. Mit gesenkter Stimme unterhalten wir uns zunächst einmal über die erste Saison von Pep Guardiola und den voraussichtlichen Weggang von Mario Mandzukic. Dann diskutieren wir, ob Toni Kroos gehalten werden sollte oder nicht.

Während ich mich sehr für Letzteres ausspreche, sehe ich mich immer verstohlen um, ob uns jemand zuhört. Bayern München Fans sind in Berlin nicht gerne gesehen, ach, was sage ich, nirgends sind sie das – außer dahoam. Einerseits denke ich, dass viele einfach neidisch auf den Erfolg der Münchner sind, andererseits kann ich durchaus nachvollziehen, dass man

Probleme hat, den Verein zu mögen, der manchmal durchaus arrogant auftritt – wie oft habe ich mich selbst schon darüber aufgeregt.

Ich räuspere mich und wechsle das Thema von Bayern München zur WM und spreche nun wieder in normaler Tonlage. Weltmeisterschaft ist ein sicheres Thema. Jeder Idiot redet davon, wie wir Brasilien weggeputzt haben gestern Abend.

»Ich bin mit einem Pärchen befreundet, das mich gefragt hat, ob wir mit ihnen Fußball in einer lateinamerikanischen Kneipe sehen wollen«, erzählt Daniel. »Sie ist Argentinierin, er Deutscher. Und nur als Vorwarnung, sie ist sehr leidenschaftlich, also bitte keine abfälligen Bemerkungen.«

Ich verstehe gar nicht, wieso Daniel diese Worte an mich richtet. Maya kann Argentinien schließlich auch nicht leiden.

»Oh«, entgegne ich in einem gespielt enttäuschten Tonfall. »Noch nicht einmal über Maradona? Die Hand Gottes? Keine Witze über Balljungs?«

»Lara, reiß dich zusammen!«, mahnt Daniel.

Na gut, denke ich, das werde ich wohl noch hinkriegen.

Die Kneipe ist heute weiß und blau. Maya und ich fallen gar nicht auf. Unsere deutsch-indonesische Herkunft erschließt sich nicht jedem, und wir werden oft für Spanier, Brasilianer, Portugiesen, Italiener, Inder, Türken, Mexikaner oder Indianer gehalten. Eigentlich alles, nur nicht Deutsche oder Indonesier. Heute sind wir Argentinier. Man nickt uns freundlich zu. Wir lächeln und versuchen, niemandem zu lange in die Augen zu sehen, um nicht in ein Gespräch verwickelt zu werden, denn dann würde unsere Tarnung sofort auffliegen.

Da wir ein wenig spät dran sind, finden wir nur noch Platz im Gang, der nach unten zur Toilette führt. Daniels Freunde, Valentina und Thorsten, haben uns drei Stühle freigehalten – die Sicht auf die große Leinwand ist einwandfrei. Maya und ich bestellen uns zur Feier des Tages einen Caipirinha.

»Moment, ist das nicht Brasiliens Nationalgetränk?«, wendet Maya ein. »Was trinkt man denn in Argentinien?«

»Keine Ahnung, aber wir können ja trotzdem mit dem Caipirinha anstoßen, wegen gestern«, raune ich zurück.

Leider bleibt keine Zeit für Smalltalk mit Daniels Freunden, denn so kurz vor dem Spiel ist Valentina schon ein seelisches Wrack. Ich würde sie am liebsten umarmen, da ich ihren Gefühlszustand so gut nachvollziehen kann. Sie könnte so etwas wie eine Fußball-Seelenverwandte sein, aber besser in einem anderen Leben, denn ich werde mich niemals dazu überwinden können, Argentinien wirklich und wahrhaftig bei einem Fußballspiel die Daumen zu drücken.

Nach dreißig Minuten muss ich zum ersten Mal herzhaft gähnen. Daniel wirft mir einen strafenden Blick zu.

»Entschuldigung«, murmele ich schuldbewusst. »Aber du musst zugeben, dass das Spiel ganz schön langweilig ist.«

»Du hast recht«, mischt sich Thorsten ein. »Gestern stand es um diese Zeit schon 5:0.«

Valentina ignoriert ihn und starrt weiter auf den Bildschirm. Das ist eben die Sache: Wenn Deutschland jetzt spielen würde, könnte ich niemals von Langeweile sprechen. Wenn es um das eigene Land geht, ist man so involviert, dass man genau so gebannt vor dem Fernseher sitzt wie Valentina jetzt.

Irgendwann in der zweiten Halbzeit, nach meinem dritten Caipirinha, ahne ich so langsam, dass dieses Spiel in die Verlängerung gehen wird. Die argentinischen Fans in der Berliner Kneipe befürchten dasselbe. Jeder Angriff ihrer Mannschaft wird von lauten Anfeuerungsrufen begleitet, und selbst Schüsse, die meterweit neben dem Tor an die Bande knallen, werden als aufopferungsvolle Versuche frenetisch bejubelt. Wenn Messi am Ball ist, steigt der Geräuschpegel ins Unermessliche.

Schräg neben mir steht ein Argentinier mit wilden Locken. Er gehört nicht zu unserer Gruppe, hat aber wohl keinen anderen Platz mehr gefunden. Er sieht mich an und kommentiert das Spiel auf Spanisch. Ich verstehe kein Wort, nicke aber zustimmend. Hoffentlich stellt er mir keine Fragen!

Es geht tatsächlich in die Verlängerung, und ich verfluche insgeheim beide Teams dafür, dass sie nicht in der Lage waren, ein Tor zu schießen. Als ihnen dies auch in den zusätzlichen dreißig Minuten nicht gelingt, steht uns schon wieder ein Elfmeterschießen bevor. Es soll mir recht sein. Dieses grausame Spiel muss endlich ein Ende haben.

Zumindest haben die Holländer schon dreimal ausgewechselt, so dass uns ein weiterer Auftritt von Tim Krul mit seinen Psychospielchen glücklicherweise erspart bleibt.

Ein älterer Herr bahnt sich den Weg durch die Menge, kopfschüttelnd. Seine Nerven, oder vielleicht auch sein Herz, machen das nicht mit. Er versteckt sich hinter dem Gummibaum links von mir, und ich erinnere mich an meine eigene Episode hinter dem Vorhang in England vor 24 Jahren. Aufmunternd nicke ich ihm zu. Ich kann verstehen, was in ihm vorgeht, bin aber selbst vollkommen gelassen.

Der argentinische Torwart, Romero, hält gleich den ersten Elfmeter der Holländer. Mir ist inzwischen alles egal, ich will nur nicht, dass Robben verschießt, weil das nicht gut für sein Ego wäre und eventuelle Folgen für seine Psyche haben könnte – und wir brauchen ihn in der nächsten Saison bei den Bayern in bester Verfassung. Er tut mir den Gefallen, aber dann denke ich wieder daran, wie er in einem Interview nach dem Spiel gegen Mexiko eine Schwalbe eingestanden hat und stelle fest, dass ich Robben irgendwie nur mögen kann, wenn er das Bayern-Trikot trägt. Sobald er in Orange aufläuft, fallen mir tausend Dinge ein, die mir an ihm nicht passen.

Als Maxi Rodriguez seinen Elfmeter verwandelt, steht fest: Argentinien wird gegen uns im Finale antreten, Holland muss nach Hause fahren.

Um uns herum ist der Teufel los. Der alte Herr schmeißt vor Begeisterung den Gummibaum um, drückt mir einen Kuss auf die Wange und stürzt sich in die tanzende Menschenmenge in der Kneipe; es gibt kein Halten mehr. Maya und ich schleichen uns durch die Hintertür nach draußen und warten dort auf den Rest unserer Gruppe. Valentina strahlt überglücklich, doch dann dämmert ihr so langsam etwas.

»Thorsten, was machen wir nur am Sonntag?«, fragt sie.

»Ach, wir haben doch zwei Fernseher zu Hause«, erwidert er augenzwinkernd. »Du kannst es dir im Wohnzimmer gemütlich machen, und ich schließe mich im Schlafzimmer ein.«

»Oder du triffst dich mit Daniel, und ich komme wieder hierher«, schlägt Valentina vor.

Wir verabschieden uns.

»War schön, euch kennenzulernen«, sage ich zu Thorsten und Valentina. »Das nächste Mal können wir uns ja vielleicht sogar unterhalten.«

»Wenn es unbedingt sein muss«, antwortet Thorsten und lacht.

Maya und ich sitzen gerade auf der Terrasse, als Mama und Papa vom Einkaufen wiederkommen.

»Lara!«, ruft mein Vater, und ich begebe mich in die Küche, um beim Verstauen der Lebensmittel zu helfen.

»Ich habe nach deiner Colaflasche gesucht«, sagt Papa.

»Oh, aber Basti nicht gefunden?«

»Im Supermarkt war fast das ganze Regal leer geräumt, nur noch zwei einzelne Flaschen gab es. Sami und …«, triumphierend holt er etwas aus der Tüte, »Bastian!«

Tatsächlich. Seit meiner Ankunft in Berlin habe ich nach einer Bastian-Cola gesucht. Und jetzt, einen Tag vor dem Finale, bringt Papa sie für mich nach Hause. Sie stand im Regal neben Sami, unsere wieder vereinte Doppelsechs. Ich weiß, dass das ein gutes Omen ist.

»Maya! Guck mal, wir haben Bastian gefunden!«

Maya weiß sofort, worauf ich hinauswill, und teilt selbstverständlich meinen Aberglauben.

»Wenn das mal kein gutes Zeichen für morgen ist«, sagt sie und zwinkert mir zu.

Papa steht vor dem Kühlschrank und tritt nervös von einem Bein auf das andere. Maya und ich sehen ihn irritiert an. Was hat er nur?

»Ich sage es ja nur ungern«, beginnt er schließlich. »Aber ich muss zugeben, dass ich recht positiv gestimmt bin für das Finale.«

Das ist natürlich eine bahnbrechende Aussage, denn Papa ist, wenn es um Fußball geht, ebenso wie ich der Pessimist schlechthin.

»Und das macht mich nervös«, fährt er fort. »Nicht, dass der Schuss nach hinten losgeht.«

Es ist, als würde ich in einen Spiegel sehen. Genau die gleichen Worte hätten auch aus meinem Mund kommen können.

»Nun stresst euch mal nicht so«, lacht Maya. »Ist doch schön, wenn ihr auch endlich mal optimistisch in so ein Fußballspiel geht.«

Doch auch ich muss noch ein Geständnis ablegen. »Ich habe meinen letzten Blog für Mikael geschrieben«, sage ich.

»Ja und?«, entgegnet Papa, der nicht versteht, was daran so schlimm sein soll.

»Ich habe ihn so geschrieben, als ob Deutschland schon Weltmeister geworden wäre«, gebe ich zu. »Ich habe gesagt, dass das beste Team gewonnen hat, und dass Fußball eben doch ein Mannschaftssport ist, und ein Superstar nicht ausreicht, um einen Titelgewinn zu garantieren.«

Erst jetzt realisiere ich, was ich getan habe, und schlage mir entsetzt die Hand vor den Mund. »Damit habe ich bestimmt Unglück über die Mannschaft gebracht«, flüstere ich. »Ich kann den Artikel löschen. Meint ihr, das hilft?«

Ich rechne es Maya und Papa hoch an, dass sie nicht in Gelächter ausbrechen, denn ich weiß selber, wie bescheuert das, was ich gerade von mir gegeben habe, klingt und trotzdem bleibt diese Sorge, dass ich Recht haben könnte.

»Das ist doch nicht so schlimm«, tröstet mich Papa. »Das ist doch in ganz vielen Redaktionen so. Die meisten Redakteure haben in ihren Schubladen ganze Stapel von Nachrufen auf Schauspieler und andere Persönlichkeiten über siebzig liegen, damit im Fall der Fälle ganz schnell reagiert werden kann.«

Maya allerdings sieht mich ernst an.

»Das war schon ein wenig überheblich von dir«, sagt sie streng. »Aber ich glaube nicht, dass wir daraus negative Konsequenzen ziehen müssen. Sieh es einfach von der positiven Seite. Du bist eine gewissenhafte Journalistin, hast vorgearbeitet, um den Artikel sofort nach dem Spiel abschicken zu können, in weiser Voraussicht, dass du zu müde sein wirst, um ihn erst nach Abpfiff zu schreiben.«

Ich nicke eifrig und glaube Maya jedes Wort.

»Wenn wir allerdings verlieren ...«, höre ich sie auf einmal sagen und weiß schon, was jetzt kommt – Holz, Holz, Holz! Dieses Mal muss unser Brotkasten dran glauben.

»Wenn wir allerdings verlieren«, wiederholt sie, »was machst du dann?«

»Dann schicke ich nichts ein«, antworte ich trotzig. »Mikael wird das sicher verstehen.«

»Also doch nicht die gewissenhafte Journalistin«, lacht Papa und legt den Arm um mich. »Hoffen wir also, dass dir dein Ruf als rasende Reporterin erhalten bleibt.«

Mama kommt in die Küche. »Was haltet ihr denn hier für eine Versammlung ab?«, will sie wissen.

»Wir schwören uns gegenseitig auf das Finale ein«, erklärt Maya.

Unsere Mutter holt sich ein Stück Schokolade aus dem Kühlschrank und sieht uns ungerührt an. »Das ist doch alles gar nicht nötig. Deutschland wird Weltmeister. Da bin ich mir ganz sicher.«

Ich liebe meine Mutter. Mit nur drei Sätzen hat sie es geschafft, uns alle mit ihrem Optimismus anzustecken.

Am Abend müssen wir Zeuge davon werden, wie Brasilien beim Spiel um Platz drei ein zweites Mal in Folge untergeht. Nicht ganz so dramatisch wie gegen uns, aber trotzdem schmerzhaft für Spieler, Fans und selbst den neutralen Zuschauer, denn man hätte den Gastgebern doch gewünscht, dieses Turnier zumindest mit einem kleinen Erfolgserlebnis zu beenden.

Außerdem finden die Holländer ja ohnehin, dass das »Kleine Finale« eine völlig überflüssige Einrichtung ist. Louis van Gaal wurde nicht müde zu wiederholen, dass er überhaupt keine Lust darauf hat, also hätte eine Niederlage das Team wahrscheinlich auch relativ kalt gelassen.

Leider können die Brasilianer diesen kleinen Vorteil nicht nutzen, und so wird das Ganze eine ernüchternde Niederlage, die die Theorie widerlegt, dass das verlorene Halbfinale ein dummer Ausrutscher gewesen ist.

Als sich die Spieler nach Abpfiff artig bei ihren Fans bedanken, scheint die Stimmung trotzdem nicht allzu feindselig zu sein.

In der Gruppe entdecke ich Dante.

»Bis bald«, rufe ich ihm zu. »Wir freuen uns schon, wenn du wieder zurück nach Deutschland kommst.«

Auf Luiz Gustavo freue ich mich natürlich auch, aber ich glaube, bei Dante muss ein wenig mehr Aufbauarbeit geleistet werden.

Es ist seltsam, an die Bundesliga zu denken, denn ich bin so sehr im WM-Modus, dass Bayern München Lichtjahre von mir entfernt ist. Doch morgen ist schon alles wieder vorbei. Der ganze Spaß, die Freude, die Tränen, die Hoffnung, die Anspannung – all dies wird morgen Abend seinen Höhepunkt finden. Hoffentlich mit Happy End für Deutschland, bevor die Welt wieder grau und trist wird, und wir in unseren langweiligen Alltagstrott verfallen.

Deutschland – Argentinien (1:0 n.V.)

Jerome und ich sitzen am Strand, es weht eine leichte, angenehme Brise. Wir schweigen und beobachten, wie sich in der Ferne Surfer auf ihre Bretter schwingen und auf den halbhohen Wellen reiten. Elegant, denke ich. Nur nicht die Balance verlieren. Es muss sich ein wenig anfühlen wie fliegen.

Auf einmal verpasst mir Jerome einen freundschaftlichen Hieb in die Seite. »Du darfst dir nicht immer so viele Sorgen machen«, sagt er aufmunternd. »Wir sind beide gut drauf.«

Als ich einen Augenblick später erwache, reagiere ich zunächst genervt. Wer ist gut drauf? Wieso wir beide? Er und ich? Ich kneife angestrengt die Augen zusammen, versuche wieder einzuschlafen und weiterzuträumen, um eine Antwort auf diese dringenden Fragen zu erhalten, versage aber kläglich.

Die Uhr auf meinem Nachttisch zeigt kurz nach acht Uhr an. Eigentlich viel zu früh, um aufzustehen. Doch heute ist Sonntag – WM-Finale! Mit einem Schlag bin ich hellwach, werfe die Bettdecke zurück und schleiche mich aus dem Zimmer, damit ich Maya nicht wecke.

»Finale... Oh oh... Finale... Oh oh oh oh...«, summe ich leise vor mich hin, während ich mir einen Kaffee mache und darüber nachdenke, warum ich ausgerechnet von Jerome Boateng geträumt habe.

Es war bereits das zweite Mal, dass er mich in meinen Träumen besucht, wobei der erste Traum ganz schön verrückt war: Jerome und ich waren auf der Flucht, weil ihn ein Auftragskiller erschießen wollte. Der Killer erwischte uns schließlich, und als er seine Waffe auf Jerome richtete, stellte ich mich todesmutig vor den Abwehrhünen.

Leider war der Killer nicht beeindruckt, was wahrscheinlich daran lag, dass Jerome ohnehin zwei Köpfe größer ist als ich, und ich nicht gerade furchterregend aussehe – ich sage nur: »Opfertyp«. Trotzdem hatte er sofort ein anderes Druckmittel parat.

»Lara«, sprach er mich direkt an. »Ich habe Popeye entführt. Wenn du nicht sofort aus dem Weg gehst, bringe ich deinen Hund um.«

Ich starrte ihn nur entsetzt an.

»Es ist schon in Ordnung, Lara, ich weiß, wie sehr du an deinem Hund hängst. Du musst ihn nicht meinetwegen opfern«, flüsterte Jerome mir heldenhaft ins Ohr.

Und bevor ich eine Entscheidung treffen musste, schlug ich meine Augen auf, und der Traum fand ein abruptes Ende. Was er bedeutete, konnte ich mir nicht so recht erklären. Vielleicht machte ich mir damals Sorgen, dass Jerome seinen Stammplatz bei den Bayern verlieren könnte, da mit Jupp Heynckes Abgang Pep Guardiola den Trainerposten übernahm, und ich ihn und sein neues Spielsystem nicht richtig einschätzen konnte. Vielleicht hatte der Traum aber auch gar nichts mit Fußball zu tun, sondern sollte eine Erinnerung daran sein, meinen Hund nicht zu vernachlässigen. Was auch immer es gewesen sein mag, ich habe seither auch Jerome immer im Auge behalten und finde es durchaus bezeichnend, dass ich ausgerechnet in der Nacht vor dem Finale schon wieder von ihm geträumt habe.

Und da er mir geraten hat, mir nicht immer so viele Sorgen zu machen, beschließe ich kurzerhand, den Traum als erstes gutes Omen des Tages zu sehen.

Es dauert nicht lange, da kommt Maya in die Küche.

»Guten Morgen«, begrüße ich sie fröhlich, und obwohl meine Schwester eher in die Kategorie Morgenmuffel fällt, kann auch sie sich ein breites Lächeln nicht verkneifen.

»Guten Morgen«, grinst sie. »Finale!«

Schweigend trinken wir unseren ersten Kaffee und decken den Tisch, bevor auch Mama und Papa zu uns stoßen, und wir gemeinsam frühstücken.

»Was machen wir bloß den ganzen Tag?«, jammere ich, denn das Finale beginnt erst um zehn Uhr abends, und jetzt ist es gerade mal neun in der Früh.

»Wir sollten vielleicht schon einmal anfangen, unsere Koffer zu packen«, schlägt Maya vor. »Dann können wir morgen ausschlafen und ganz stressfrei am Nachmittag zum Flughafen fahren.«

Koffer packen? Mit solchen Banalitäten will ich mich an so einem wichtigen Tag gar nicht abgeben, aber wie so oft hat Maya natürlich recht.

Maya und ich pflegen ausgiebig unsere Rituale. Es kann einfach kein Zufall sein, denken wir, dass wir uns vor jedem WM-Spiel die Zusammenfassung der Begegnung Deutschland gegen Argentinien 2010 ansehen. Genau die beiden Teams, die sich heute im Finale gegenüberstehen. Ich werte das als weiteres gutes Omen. Es ist, als würde sich der Kreis nun endgültig schließen.

Dann habe ich selbstverständlich meine Bastian-Colaflasche dabei, die als Talisman auf dem Wohnzimmertisch steht. Ich werde sie erst öffnen, wenn Deutschland Weltmeister ist. Aber auch diese Geschichte deutet für mich darauf hin, dass es heute zu einem glücklichen Ende kommen wird: Seit meiner Ankunft in Berlin suche ich verzweifelt nach dieser Flasche, und genau einen Tag vor dem Finale findet Papa sie in einem Supermarkt.

Und dann ist da noch Mayas Zuversicht, die mir einen extra Schub Selbstbewusstsein gibt. Doch all diese positiven Vorzeichen werden mir nicht mehr viel nützen, wenn der Schiedsrichter gleich die Partie freigibt. Sobald der Ball rollt, werde ich wieder in mein altes, sorgenvolles Ich verfallen. Das ist ein Automatismus, den ich nicht abstellen kann. Ich hoffe nur, dass ich hinterher befreit über mich selber lachen kann – »siehst du, du hättest ganz ruhig bleiben können« –, anstatt bittere Tränen zu vergießen und zu denken »ich habe es ja gewusst!«

Die brasilianischen Fans stehen fast hundertprozentig auf unserer Seite. Nichts wäre schlimmer für sie, als wenn Erzfeind Argentinien in ihrem Land den WM-Titel gewinnen würde. Auf Twitter macht ein neuer Hashtag die Runde, #SomosTodosAlemanha, was so viel bedeutet wie »Wir sind alle Deutschland«. Selbst nach der 1:7-Klatsche im Halbfinale scheinen unsere Jungs in Brasilien nichts an Sympathien eingebüßt zu haben.

In freudiger und nervöser Erwartung klingeln wir zum letzten Mal an der Wohnungstür von Aiko und Georg.

»Timo!«, rufe ich entsetzt, als ich ins Wohnzimmer komme. »Warum trägst du denn ein Japan-Trikot? Nichts gegen Japan, aber meinst du nicht, dass das deutsche heute angebrachter gewesen wäre?«

»Das ist mein Glücksbringer«, erklärt Timo. »Genau dieses Trikot habe ich auch getragen, als Deutschland gegen Brasilien gespielt hat. Ich weiß, das ist verrückt, aber ich bin in dieser Hinsicht wirklich abergläubisch.«

Juliana verdreht die Augen, aber ich muss lachen.

»Du musst dich vor mir nicht rechtfertigen«, sage ich. »Maya und ich haben auch unsere Rituale, das ist ganz und gar nicht verrückt.«

Bevor wir uns ins Wohnzimmer setzen, essen wir zu Abend: Sushi, Currywurst, Frikadellen und Kartoffelsalat, eine abenteuerliche Mischung und repräsentativ für unsere deutsch-japanisch-indonesische Fußballtruppe. Ich kann allerdings kaum etwas zu mir nehmen, weil ich so aufgeregt bin.

»Wie wär's mit Musik?« Georg legt eine CD ein und kurze Zeit später erklingt die Stimme von Udo Jürgens, der uns weismachen will, dass das Leben mit 66 Jahren gerade erst anfängt. Wir nehmen ihm das zwar nicht ab, singen aber trotzdem lauthals mit. Es lenkt uns ab, macht sogar Spaß.

»Hast du auch Drafi Deutscher?«, fragt Maya, und schon sind wir wieder beim Fußball, denn das Lied »Marmor, Stein und Eisen bricht« gehörte ebenso zum Sommermärchen 2006 wie Xavier Naidoo und Herbert Grönemeyer.

Das offizielle WM-Lied in diesem Jahr ist ja leider unterirdisch schlecht; ich freue mich aber immer, wenn »Tage wie diese« von den Toten Hosen gespielt wird. Das ist so herzzerreißend schön und passt hervorragend zur WM, gerade heute, am Tag des Finales.

»Ich wart' seit Wochen auf diesen Tag und tanz vor Freude über den Asphalt... Als wär's ein Rhythmus, als gäb's ein Lied, das mich immer weiter durch die Straßen zieht...«

Maya, die neben mir sitzt, scheint das gleiche zu denken, denn sie sagt leise: »Die Toten Hosen hätten wir selber mitbringen sollen. Obwohl Campino sich bestimmt im Grab umdrehen würde, wenn er wüsste, dass wir beide als Bayern München Fans sein Lied zu unserer persönlichen Fußballhymne erklärt haben.«

»Wieso im Grab umdrehen? Campino lebt doch noch, oder?«, entgegne ich verwirrt.

»Ja, natürlich lebt Campino noch«, versichert Maya schnell. »Du weißt schon, wie ich das meine.«

Nach dem Essen schleichen wir uns auf den Balkon. Wir sind die einzigen Raucher in dieser Gruppe, und ich bin froh, dass ich noch ein paar ruhige Minuten mit meiner Schwester verbringen kann, bevor der Wahnsinn beginnt.

»Ich schwöre dir, ich frage dich heute zum letzten Mal«, sage ich. »Was hast du für ein Gefühl?«

Maya zögert nur einen kurzen Augenblick. »Ich habe ein gutes Gefühl. Du auch, oder?«

»Ja«, entgegne ich, und meine Stimme klingt jammervoll. »Ich versuche die ganze Zeit, es zu unterdrücken! Das letzte Mal, als ich vor einem Spiel guter Dinge war, war beim Halbfinale gegen Spanien vor vier Jahren! Und wir wissen ja alle, dass das in die Hose ging!«

»Du darfst dir nicht immer so viele Sorgen machen«, sagt Maya und klingt genau wie Jerome in meinem Traum. Sie will noch etwas hinzufügen, entschließt sich aber im letzten Moment zu schweigen.

»Was ist los?«, dränge ich sie.

»Da ist noch etwas anderes... Ich glaube, Götze schießt heute ein Tor.«

»Götze?«, wiederhole ich ungläubig. »Aber der steht doch wahrscheinlich gar nicht in der Startelf.«

»Vielleicht wird er ja später eingewechselt.«

»Kinder, kommt schnell rein«, ruft Mama uns, und ihre Stimme klingt so eindringlich, dass wir der Aufforderung umgehend nachkommen.

Timo und Juliana ziehen lange Gesichter.

»Was ist passiert?«, fragt Maya besorgt.

»Khedira«, flüstert Juliana nur und sieht aus wie damals, als sie noch ganz klein war und sich heimlich einen Hamster gekauft und in ihrer Schublade versteckt hatte, bis ihre Mutter Sadako Wind davon bekam und das Tier wieder abgegeben wurde. Mein Herz krampft sich zusammen.

»Was ist mit Khedira?«, höre ich meine Stimme, obwohl ich die Antwort auf meine Frage eigentlich gar nicht wissen will.

»Er kann nicht spielen.«

Hat mir eben jemand den Boden unter den Füßen weggezogen? Ist das ein schlechter Scherz, den sich da jemand mit mir erlaubt? Will Juliana uns einfach auf den Arm nehmen?

»Probleme mit der Wade«, höre ich Timo wie durch einen Nebel sagen. »Er hat erst beim Abschlusstraining gemerkt, dass es nicht geht. Christoph Kramer spielt für ihn.«

»Christoph Kramer?«, frohlockt Papa, der sich freut, endlich einen Gladbacher auf dem Feld zu sehen.

Ich muss mich hinsetzen. Khedira kann nicht spielen. Wow. Das muss ich erst einmal verarbeiten. Es ist nicht so, dass ich Kramer nicht zutraue, ein gutes Spiel zu machen. Aber es ist trotzdem ein Schlag.

Im Fernsehen wird nun Christoph Kramer im Spielertunnel gezeigt. Bilde ich mir das ein, oder sieht er aus, als würde er gleich ohnmächtig zu Boden sinken? Es wäre ihm nicht zu verdenken. Wie hoch ist schon die Chance, zehn Minuten vor einem WM-Finale vom Trainer zu hören, dass man entgegen aller Erwartungen in der Startelf stehen wird? In einem WM-FINALE! Nach zwei Kurzeinsätzen und so gut wie gar keiner Erfahrung in der Nationalmannschaft!

Christoph, wende ich mich nun telepathisch direkt an ihn, das ist wirklich der reine Wahnsinn. Hättest du vor zwei Monaten geglaubt, dass du hier und heute, am Sonntag, den 13. Juli, in Rio de Janeiro, höchstpersönlich um den WM-Titel kämpfen würdest? Wahrscheinlich nicht. Wir auch nicht. Und trotzdem wollen wir dir an dieser Stelle eines versichern: Wir glauben an dich. Jogi glaubt an dich. Sami glaubt an dich. Bastian glaubt an dich. Ganz Deutschland glaubt an dich. Nicht, dass du dich jetzt unter Druck gesetzt fühlst. Wir wollen dir nur sagen, dass wir hundertprozentig hinter dir stehen. Also mach bloß keinen Mist, hörst du?!

»Sami Khedira, was für eine mutige und uneigennützige Entscheidung«, philosophiert Maya. »So kurz vor Beginn zu sagen, dass er nicht spielen kann, obwohl es der Traum eines jeden Fußballers ist, ein WM-Finale zu spielen. Das finde ich beeindruckend.«

Wir haben kaum Zeit, diese verrückte Meldung zu verarbeiten, da laufen die Mannschaften auch schon auf das Feld, vorbei an dem goldenen Pokal, den unsere Jungs – hoffentlich, hoffentlich – in etwa anderthalb Stunden in die Höhe stemmen dürfen.

Während ein letztes Mal bei dieser WM die deutsche Nationalhymne erklingt, sehe ich in die Runde und muss feststellen, dass alle noch relativ entspannt aussehen.

Ich bin so froh, dass ich dieses Finale hier in Berlin, im Kreise meiner Familie und Freunde erleben darf. In Indonesien wäre ich jetzt sicher in dem deutschen Restaurant, und obwohl die Stimmung dort im Moment wahrscheinlich auch sehr gut ist, ist es doch etwas ganz anderes, gar nicht zu vergleichen. Diese Nacht, dessen bin ich mir sicher, wird unvergesslich für mich werden, ob sie nun im Guten oder im Schlechten endet. Ein Sieg würde die Erfüllung eines Traumes, eine Niederlage eine weitere deprimierende Erfahrung in meinem Fußballdasein bedeuten.

Argentinien spielt, wie schon im Halbfinale, ohne den angeschlagenen Angel di Maria. Und wir ohne Sami Khedira. Nicola Rizzoli aus Italien ist der Schiedsrichter dieser historischen Partie, und ich werfe ihm aus Berlin durch den Fernseher drohende Blicke zu – wehe, wenn dieses Finale heute verpfiffen wird!

Nun ist es soweit. Ich atme tief durch, bereite mich noch einmal seelisch auf die kommenden anderthalb, zwei Stunden vor und höre dann den Pfiff. Das Finale hat begonnen. Deutschland spielt um den Titel.

In den Anfangsminuten wirken die Jungs ein wenig nervös. Es kommt zu einigen Fehlpässen, und die guten Vorstöße in den gegnerischen Strafraum werden noch nicht optimal genutzt. Es ist ein langsames Abtasten, ein Bemühen um den kontrollierten Spielaufbau und zunächst sehr ausgeglichen. Der lauernde Klose wird oft von seinen Mitspielern gesucht, und auf der Gegenseite läuft Messi wie der Wind, so dass selbst Mats Hummels ganz schwindelig wird.

»Wie lange noch?«, fragt Papa schon nach acht Minuten wie ein kleines Kind, das im Auto auf der Rückbank sitzt und jammervoll von seinen Eltern wissen will, wann sie denn endlich am Ziel sind.

In der 16. Minute bleiben uns die Münder offen stehen vor Schreck. Christoph Kramer, der junge Mann aus Mönchengladbach, der bislang ein sehr ordentliches Spiel abliefert, liegt am Boden. Das Foul, das vorausgegangen sein muss, haben wir scheinbar alle nicht als solches wahrgenommen oder in unserer Aufregung übersehen. Erst in der Wiederholung erkennen wir, was geschehen ist: In einem Zweikampf mit Garay wurde Kramer die Schulter des Gegenspielers ins Gesicht gerammt. Ein Ausruf des Entsetzens geht durch unsere Runde: Es war ein sehr harter Bodycheck, und Kramer wird jetzt von den Teamärzten behandelt. Zum Glück sieht es so aus, als könne er weitermachen.

Den nächsten Schreckmoment beschert uns Toni Kroos. Der Noch-Münchner, der bislang ein überragendes Turnier gespielt hat, will per Kopf den Ball an Manuel Neuer zurückgeben, doch Gonzalo Higuain reagiert blitzschnell und schnappt sich die Kugel. Er lässt die deutschen Abwehrspieler stehen und läuft alleine auf Neuer zu. Mein Herzschlag setzt aus, dies ist eine hundertprozentige Chance – doch Higuain verzieht, und der Ball rauscht am Tor vorbei. Ob der Argentinier beim Anblick von Neuer Bedenken hatte? Diese Angst, dass, egal wie gut sein Abschluss ist, der Schlussmann Deutschlands trotzdem besser sein könnte? Sogar in Berlin Tiergarten hören wir Kroos erleichtert seufzen. Bitte, Toni, reiß dich zusammen! Deutschland schwimmt, die Spieler bemühen sich zwar, aber Argentinien hat momentan mehr vom Spiel, und die deutlich besseren Chancen.

In der nächsten aufsehenerregenden Szene ist schon wieder Higuain beteiligt. Nach einer schönen Flanke von Lavezzi gelingt dem Stürmer das 1:0.

Niedergeschmettert sinke ich auf dem Sofa zusammen. Ich habe es kommen sehen, es erwartet, und trotzdem ist dieses

Gegentor wie ein Schlag in die Magengrube. Nein, ich mag nicht mehr, mein ganzer Körper schmerzt, und mein Kopf raucht.

»Abseits!«, brüllt Frank. »Das Tor zählt nicht, Higuain stand im Abseits!«

Da ist der Hoffnungsschimmer! Alles ist offen! Ich drücke meinen Rücken durch, ordne meine Gedanken, versuche mich wieder zu konzentrieren.

Christoph Kramer hat es schlimmer erwischt, als zunächst angenommen. Nach nur 31 Minuten ist dieses WM-Finale für ihn schon wieder vorbei. Gestützt von zwei Betreuern verlässt er den Platz, mit Verdacht auf Gehirnerschütterung. Er wirkt vollkommen abwesend, starrt vor sich hin und wird benommen von Hansi Flick in Empfang genommen, dem er nur sagen kann: »Ich weiß nicht, ich weiß nicht.«

Mein Herz blutet, und ich bin ganz traurig, dass Kramer dieses Finale, für das er in letzter Minute aufgestellt wurde, nicht zu Ende spielen kann. Für ihn kommt unser Edeljoker Andre Schürrle.

Die unerwartete Umstellung bringt ein wenig Unordnung in unser Spiel, und es folgt eine Riesenchance für Argentinien, die uns den Atem anhalten lässt. Messi stürmt auf das Tor zu, hat Neuer bereits geschlagen, doch auf der Linie steht ein gewisser Jerome Boateng und rettet in allerletzter Sekunde. Natürlich – letzte Nacht hat er mir ja noch versichert, dass er gut drauf ist!

»Jerome!«, quietsche ich begeistert und zerquetsche beinahe Mayas Hand. Neben mir hämmert sich Timo begeistert auf die Brust.

»Der kommt aus unserem Kiez! Aus unserem Kiez!«, ruft er und herzt Juliana.

Dann bekommt auch Deutschland die einmalige Gelegenheit zum Führungstreffer. Nach einer Ecke von Toni Kroos fliegt Benedikt Höwedes durch den Fünfmeterraum und hämmert den Ball mit voller Wucht an den rechten Pfosten. Nein, das kann nicht wahr sein! Juliana und Mama sind schon aufgesprungen, sich in der komfortablen 1:0-Sicherheit wähnend, doch dann schlagen sie die Hände über dem Kopf zusammen. Wieso an den Pfosten? Warum nur?

Es war die letzte Aktion in der ersten Halbzeit, und es bringt nichts, verpassten Chancen hinterherzutrauern. Wir wissen alle, dass dieses Finale ein ausgeglichenes ist, dass beide Mannschaften in Führung hätten gehen können, und dass die zweite Halbzeit uns noch einmal alles abverlangen wird.

Jogi, mach bitte ordentlich Dampf! Ich erinnere mich an Jürgen Klinsmanns Motivationsreden aus dem Sommermärchen. Da kommt noch mehr! Da kommt noch mehr! Der spürt deinen Atem! Da brennt gleich der Baum!

Doch leider sieht der Beginn der zweiten Halbzeit so aus, als hätte der argentinische Trainer Alejandro Sabella bei seinen Spielern mehr Gehör gefunden – sie bestimmen nun das Geschehen, bauen Druck auf, und wir hinken lediglich hinterher. Ein ums andere Mal kommt es zu gefährlichen Situationen, und trotzdem bleibt die Null stehen. Vor allem dank Jerome Boateng, der sich für diese fehlerfreie Vorstellung wahrlich den besten Tag ausgesucht hat.

In der 57. Minute steigt Neuer resolut gegen Higuain ein, der vehement eine Karte für den Keeper fordert. Doch der italienische Schiedsrichter entscheidet, dass Neuer alles richtig gemacht hat. Ich persönlich fand die Aktion grenzwertig, und bin nur froh, dass sie keine Konsequenzen für unseren Manu hat.

Je näher das Ende der regulären Spielzeit rückt, desto vorsichtiger agieren beide Teams. Das ist verständlich, doch für uns Fans ist es einfach nur nervenaufreibend. Wir wollen keine Verlängerung! Wir wollen, dass Klose sofort ein Kopfballtor schießt, einen einwandfreien Salto schlägt, und damit das Ding nach Hause schaukelt.

Doch der Fußballgott hat andere Pläne und Jogi Löw wohl auch, denn in der 88. Minute wird Miro ausgewechselt. Unter dem tosenden Beifall der Zuschauer, die wissen, dass dies sein letztes WM-Spiel war, verlässt Klose den Platz. Bei uns ist es still geworden, wir nehmen gedanklich Abschied von diesem wunderbaren Stürmer, und der ein oder andere hat Tränen in den Augen. Miroslav Klose, danke für alles, denke ich – du wirst uns fehlen!

Schon sind neunzig Minuten vergangen, und wie bei den letzten beiden Weltmeisterschaften in Südafrika und Deutschland geht das Finale in die Verlängerung. Dieses Mal zum Glück mit deutscher Beteiligung.

Die Verlängerung beginnt furios, mit guten Chancen auf beiden Seiten.

»Meine Güte, wenn das so weitergeht wie in dieser ersten Minute, dann können wir uns vielleicht auf was gefasst machen«, schnauft Papa, und ich versuche, ihm per Gedankenübertragung beruhigende Schwingungen zu schicken, was mir gründlich misslingt.

Es kommt auch nicht so, wie Papa es befürchtet hat, denn natürlich setzt bei beiden Teams Erschöpfung ein. Die Frage ist nur, wer hat die besseren Kraftreserven? Mats Hummels jedenfalls scheint am Ende zu sein. Wie gut, dass Boateng heute so klasse spielt.

Es ist ein sehr zähes Ringen, das wir hier geboten bekommen, und auch die Fouls werden nach dem Seitenwechsel um einiges brutaler. Mascherano, der bereits mit Gelb vorbelastet ist, grätscht Schweinsteiger von hinten um – doch ohne Folgen.

Kurze Zeit später liegt jemand am Boden. Schon wieder Schweinsteiger?

Ich springe auf und schreie: »Das kann ja wohl nicht wahr sein! Und schon wieder keine Karte? Der Schiedsrichter ist wohl blind!«

Die anderen sehen mich betreten an, überrascht von meinem plötzlichen Tobsuchtsanfall, nur Mama lächelt, fast stolz.

»Das ist das ambonesische Temperament«, erklärt sie den anderen und spielt damit auf ihren Heimatort Ambon in Indonesien an, wo die Menschen generell als ein wenig hitzköpfiger gelten als in anderen Teilen des Landes.

Maya zieht mich beschwichtigend zurück aufs Sofa. Doch einen Augenblick später sind alle so wütend wie ich, denn man sieht Schweinsteiger in Großaufnahme: Unter dem rechten Auge klafft eine blutende Platzwunde. Er muss runter, wirft dem vierten Offiziellen tödliche Blicke zu und wird dann genäht. Der Übeltäter Aguero hat Glück, dass er nicht mit Gelb-Rot vom Platz fliegt.

Niemand erwartet so recht, dass Schweinsteiger wiederkommt, vor allem nicht, weil Kevin Großkreutz, der Dortmunder Jung, in dessen Adern kein rotes, sondern gelb-schwarzes Blut fließt, wie ein Kommentator einmal so schön anmerkte, schon an der Seitenlinie steht, bereit für seine Einwechslung und die ersten Spielminuten bei dieser WM.

Doch weit gefehlt – Schweinsteiger lässt sich eben nicht so leicht unterkriegen. Unter stürmischem Beifall der Zuschauer läuft er aufs Feld zurück und stürzt sich mitten ins Geschehen, fordert den Ball, ist, um es auf den Punkt zu bringen, sofort wieder der Boss. Ich glaube, nach diesem Spiel werden seine Kritiker zunächst einmal verstummen, denn so eine leidenschaftliche, aufopferungsvolle und kämpferische Leistung hat man selten erlebt.

Lahm wird am Trikot gehalten. Es ist rührend, wie Sami Khedira von der Bank aufspringt und wild mit den Armen in der Gegend fuchtelt, wutentbrannt, weil der Schiedsrichter dafür eigentlich eine Gelbe Karte geben müsste, es aber zum wiederholten Male versäumt. Khedira ist wie eine Löwenmutter, die ihre Jungen verteidigt, doch der Schiedsrichter ist leider nicht beeindruckt und warnt ihn mit erhobenen Zeigefinger – zurück auf die Bank, mein Freund, sonst gibt es gleich eine Verwarnung für dich.

Ich lehne mich erschöpft zurück und versuche, mich seelisch auf ein Elfmeterschießen vorzubereiten. Im Kopf gehe ich unsere Schützen durch. Thomas Müller, klar. Wahrscheinlich auch Mesut Özil oder Andre Schürrle. Schweinsteiger? Mir wird heiß und kalt bei dem Gedanken daran. Nicht, dass ich es ihm nicht zutraue. Aber ich bin eben noch traumatisiert von dem verlorenen Champions League Finale in München und glaube nicht, dass ich es jemals überwinden würde, wenn er noch einmal an den Pfosten schießt. Es würde zumindest eine Anmeldung zur Psychotherapie mit sich bringen.

Natürlich haben wir noch einen Manuel Neuer im Tor, aber trotzdem – allein der Gedanke an das, was mir nervlich bevorsteht, lässt mich zittern. Wir befinden uns jetzt nämlich so langsam in einer Phase des Spiels, in der ein Treffer entscheidend sein kann, da nur noch wenige Minuten zu spielen sind. Oft beeinflusst das auch die Spielweise der Mannschaften, sie werden vorsichtiger, wollen kein Risiko eingehen. Hinzu kommt natürlich auch, dass die Spieler absolut platt sind. Jeder Schritt ist schwerfällig, und die ersten werden sicher gleich von Krämpfen geplagt.

Und gerade als mir all dies im Kopf herumspukt, straft Schürrle mich Lügen. Als wäre er eben erst eingewechselt worden, sprintet er frisch und fröhlich an der Seitenlinie entlang. Ein kurzer Blick, dann die Flanke in den Strafraum.

Dort steht Götze, und auf einmal geht alles ganz schnell: Götze nimmt den Ball mit der Brust an, lässt ihn elegant abtropfen und schießt ihn dann volley, vorbei an Torwart Romero, ins rechte Eck. Der Ball ist drin. Der Ball ist drin. DER BALL IST DRIN!

»Tooooooooooooor!«

Wir können es nicht glauben, wir bilden ein Rudel, genau wie die Mannschaft auf dem Platz, brüllen, jubeln, weinen, klopfen uns auf die Schultern. Wir wissen nicht, wie wir mit den Emotionen umgehen sollen, die wie eine Sturmflut über uns einbrechen. Ich suche Mayas Blick, sie lächelt, sie hatte es angekündigt, dieses Tor von Götze, aber ich hatte ihr nicht geglaubt. Ich könnte heulen, aber ich weiß auch, das Spiel ist noch nicht vorbei.

Als hätte Papa meine Gedanken gelesen, sagt er: »So, alle mal wieder hinsetzen. Sieben Minuten müssen wir noch durchhalten.«

Sieben Minuten! Was kann man in sieben Minuten alles machen? Ein mittelweiches Ei kochen. Einen Artikel im Feuilleton lesen. Einen Überweisungsauftrag in der Bank ausfüllen. Vom U-Bahnhof Schloßstraße zur Wohnung unserer Eltern laufen. Einen Quickie in der Flugzeugtoilette haben. Eine Zigarettenpause im Büro machen.

Aber jetzt, während der nächsten sieben Minuten, die die längsten sieben Minuten unseres Lebens sein werden, können wir nichts tun, außer gebannt auf den Bildschirm starren, Stoßgebete zum Himmel schicken und hoffen, dass Messi kein Geniestreich mehr gelingt, Boateng, der heute das Spiel seines Lebens abliefert, weiterhin alles an sich abprallen lässt und der Fußballgott oben im Himmel ein schwarz-rot-goldenes und nicht etwa ein weiß-blaues Trikot trägt.

Die Freude über Götzes Tor ist sofort einer nervösen Anspannung gewichen. Ich kaue aufgeregt auf meinen Fingernägeln. Papa hält es nicht aus. Er steht auf, muss sich bewegen, kann nicht mehr hinsehen, läuft einmal Richtung Küche, kommt doch wieder zurück, setzt sich wieder hin und wirft abwechselnd mir und dem Fernseher bedeutungsschwangere Blicke zu.

Nur Georg scheint gute Laune zu haben. »Freunde, wir sind Weltmeister«, verkündet er freudestrahlend.

Maya springt entsetzt auf und klopft auf die Tischplatte. Holz, Holz, Holz. Ihr Aberglaube hat in den letzten Wochen doch sehr überhandgenommen. Da muss ich später noch einmal mit ihr drüber sprechen. Wenn ich mich noch daran erinnere. Ich habe ja die Befürchtung, dass ich mich, ganz à la Christoph Kramer, gar nicht mehr an diesen Abend erinnern werde, da ich ihn – wie schon so viele andere – wie unter einer Glasglocke erlebe.

Sieben Minuten können so lang sein. Und durch Schweinsteigers Verletzung wird sicher auch noch einiges an Nachspielzeit hinzukommen. Die Sekunden tröpfeln dahin. Jedes Mal, wenn der Ball auch nur in die Nähe unseres Tores kommt, bin ich davon überzeugt, dass nun alles vorbei ist. Aber es passiert nichts.

Löw wechselt Mertesacker ein, Özil schlurft vom Platz. Lass dir Zeit, Junge, lass dir Zeit! Jede Sekunde ist wertvoll! Er sieht unglaublich müde aus. Ist in Ordnung, Junge, alles gegeben, und – hoffentlich, hoffentlich – alles erreicht. Roman Weidenfeller umarmt ihn enthusiastisch, doch Özil ist einfach nur k.o. Warte nur. Mesut, noch wenige Augenblicke, dann kannst du dich entspannen und feiern.

Per reiht sich in die Abwehr ein, noch taufrisch, er ist wahrscheinlich direkt aus der Eistonne ins Stadion gekommen.

Es gibt zwei Minuten Nachspielzeit, was Maya dazu veranlasst, sich furchtbar aufzuregen. »Wieso gibt es denn bei der Verlängerung nochmal Nachspielzeit? Die Verlängerung ist doch praktisch das gleiche wie eine verlängerte Nachspielzeit, da muss man doch nicht noch extra Minuten draufpacken.«

Wir verstehen nicht so richtig, was sie eigentlich sagen will, nicken aber zustimmend. Unter dem Strich finden wir die zwei Minuten Nachspielzeit nämlich auch doof.

Kurz vor Schluss rennt Messi auf unseren Strafraum zu. Schweinsteiger legt ihn um, es gibt Freistoß.

»Aus dieser Entfernung hat Messi schon oft getroffen«, weiß der Kommentator zu berichten, und ich will ihn am liebsten erwürgen. Es dauert eine gefühlte Ewigkeit, bis der Freistoß ausgeführt werden kann, weil Schweinsteiger am Boden liegt und Krämpfe hat, er kann erst nach einer Weile aufstehen und humpelt dann zur Seitenlinie. In der Zwischenzeit ist selbst die verflixte Nachspielzeit schon abgelaufen.

Argentinische Fans werden eingeblendet. Einige sehen noch hoffnungsvoll aus, andere haben die Augen geschlossen, wieder andere können die Tränen nicht mehr zurückhalten.

Wenn einer Argentinien jetzt noch erlösen kann, dann ist es Messi.

Er nimmt Anlauf, schießt – und der Ball fliegt weit über das Tor von Manuel Neuer. Das muss es doch gewesen sein! Schiri, pfeif das Spiel ab!

Unsere Ersatzspieler, angeführt vom unermüdlichen Sami Khedira, hüpfen aufgeregt auf und ab, gestikulieren und rufen. Hallo? Die Nachspielzeit ist schon längst abgelaufen? Wenn ich jetzt zu Hause wäre, würde ich Popcorn oder Chips oder mein Kissen Richtung Fernseher schmeißen, um meinen Frust auszudrücken, aber das hat Georgs Flachbildschirm wirklich nicht verdient.

Das nächste Foul, mal wieder an Schweinsteiger. Die Argentinier haben es sich offenbar zum Ziel gemacht, unseren Bastian heute ganz besonders in die Bredouille zu bringen.

Kaum hat er sich wieder aufgesetzt, hören wir das Geräusch, das wir während der letzten sieben, oder eigentlich zehn Minuten herbeigesehnt haben: Den Schlusspfiff.

Wir. Sind. Weltmeister.

Immer wieder Schweinsteiger. Dieses Bild von ihm – ich werde es nie vergessen. Dieser Ausdruck vollkommener Erschöpfung, gepaart mit Tränen der Freude und Erleichterung, dieses Gefühl, endlich das Ziel erreicht zu haben, ganz oben zu stehen, nach all der Kritik und den hämischen Aussagen, dass er seinen Zenit bereits überschritten habe. Die ganze Anspannung der letzten Wochen, die nun von seinen Schultern fällt, das alles spiegelt sich in seinem Gesicht wider.

Er hat gekämpft, ist immer wieder aufgestanden, hat alles gegeben, hat seine Mannschaft nach vorne getrieben, zum Weitermachen animiert, hat trotz einer Gelben Karte weiterhin die Zweikämpfe gesucht. Und spätestens jetzt wird auch die Diskussion um unsere Führungsspieler verstummen. Schweinsteiger war in diesem Spiel der Führungsspieler schlechthin – besser ging es einfach nicht.

Dieses Finale, es war vor allem sein Spiel. Na gut, das kann man vielleicht so auch wieder nicht sagen. Götze hat das Tor geschossen, Schürrle hat es vorbereitet, Boateng hat alles abgeräumt, Müller hat die argentinische Abwehr verunsichert, Neuer hat diesen einen Kommentar auf Twitter bestätigt, er sei ein direkter Nachfahre der Berliner Mauer – jeder einzelne in diesem Team hat dazu beigetragen, dass der neue Weltmeister Deutschland heißt. Aber Schweinsteiger war heute die Schnittstelle zwischen Defensive und Offensive, war überall zu finden, war das Herzstück und Sinnbild für die Anstrengungen und den körperlichen Einsatz der deutschen Mannschaft. Es war ein knappes Spiel, ein hartes Stück Arbeit, doch es hat sich gelohnt.

Schweinsteiger ist Weltmeister. Und wird es immer bleiben. Das kann ihm nie wieder jemand nehmen. Dieser Gedanke macht mich so glücklich, dass mir gleich Tränen in die Augen schießen. Ich suche meine Schwester und werfe mich in ihre Arme, denn nur sie kann verstehen, was in diesem Moment in mir vorgeht.

»Lara«, flüstert sie in mein Ohr. »Wir sind Weltmeister. Es ist alles so, wie es sein muss.«

Ich fühle mich so, als wäre ich dabei, in Rio de Janeiro im Stadion von Maracanã. Ich atme tief ein und kann die brasilianische Luft schmecken.

Im Getümmel sehe ich Benedikt Höwedes. Wenn mir jemand ein paar Wochen vor der WM gesagt hätte, dass Beni Höwedes jedes einzelne Spiel bei diesem Turnier von Anfang bis Ende bestreiten wird, hätte ich entweder laut gelacht oder mein Gegenüber des fußballerischen Unwissens bezichtigt. Jetzt lache ich natürlich nicht mehr, sondern übe mich in Demut. Verzeih mir, Beni. Ich habe dich falsch eingeschätzt. Du hast deine Sache wirklich sehr ordentlich gemacht, und bist verdient Weltmeister geworden, jawohl!

Miroslav Klose weint, als er seine Frau und seine beiden Söhne umarmt. Mario Götze hält strahlend das Trikot von Marco Reus in die Kamera. Auch Reus hat zu diesem Titelgewinn beigetragen. Mario Gomez, Marcell Jansen, Marcel Schmelzer, die Bender-Zwillinge – alle, die in der Qualifikation noch dabei waren und es der deutschen Mannschaft überhaupt erst ermöglicht haben, nach Brasilien zu fahren, sie können ebenso stolz sein.

Wie Manuel Neuer es so schön gesagt hat: »Wir sind alle Weltmeister.«

Aber es war auch das Turnier des Manuel Neuer. Er bahnt sich einen Weg durch die Menschen, hoch auf die Tribüne, wo er die Auszeichnung als bester Torwart dieser WM entgegennimmt. Neben ihm steht, wie ein geprügelter Hund, Lionel Messi, der zum besten Spieler des Turniers gewählt wurde. Es ist eine äußerst unglückliche Szene, und ich finde, ein wenig mehr Taktgefühl wäre hier mehr als angebracht gewesen.

Es dauert eine ganze Weile, bis die Siegerehrung endlich beginnt, doch wir saugen die Bilder in uns auf, denn wir wissen alle: An dieses Spiel werden wir uns ewig erinnern, an diese Nacht in Rio, in der Deutschland endlich wieder Weltmeister geworden ist. Ich genieße jede einzelne Sekunde, präge mir alles ein.

Bastian Schweinsteiger ist der erste, der die Treppen hochläuft, um seine Medaille in Empfang zu nehmen. Er schwankt leicht, sieht aus, als hätte er gerade in einem Boxkampf einige harte Schläge abbekommen – ein durchaus passender Vergleich zu den Fouls, die er vor allem in der letzten Phase des Spiels hat einstecken müssen.

Er umarmt seine Lieblingsfreundin, Angela Merkel, die strahlt wie ein Honigkuchenpferd und sich sicher jetzt schon auf das kühle Bier und die Selfies mit den Spielern in der Kabine freut.

Jeder einzelne wird gefeiert, abgeklatscht und getätschelt, und als endlich alle versammelt sind, ist es soweit – Philipp Lahm nimmt den Pokal entgegen. Für den Bruchteil einer Sekunde mache ich mir Sorgen, dass die Trophäe zu schwer sein könnte für den kleinen und müden Philipp, doch ich verwerfe den Gedanken schnell wieder: Sicher hat er am Vorabend im Hotelzimmer schon geübt und weiß genau, was zu tun ist. Er stemmt den Pokal ganz professionell in die Höhe und frenetischer Siegesjubel hallt durch das Stadion, durch ganz Deutschland und auch unser Wohnzimmer.

Und später, als das Spielfeld schon fast leer ist, und die Zuschauer ihre Sitze geräumt haben, um in den Straßen von Rio de Janeiro weiterzufeiern, steht Lukas Podolski mit seinem Sohn auf dem Platz und kickt mit ihm. Ein Bild für die Zukunft und ein wunderbares, um diese Nacht zu beenden.

Wir verabschieden uns. Es ist spät und wir wollen Georg und Aikos Gastfreundschaft nicht überstrapazieren. Aber es fällt uns nicht leicht, dieser herrlichen WM-Truppe Auf Wiedersehen zu sagen. Das gleiche gilt für Georg und Aiko, die uns nicht nur erlaubt haben, ihren Flachbildschirm zu missbrauchen, sondern sich auch jedes Mal um unser leibliches Wohlergehen gekümmert haben, und für Frank, der uns in Sachen Fußball für immer in Erinnerung bleiben wird mit der Aussage: »Vielleicht kann der Mario Götze das Spiel ja noch rumreißen«, als dieser bereits seit einer Dreiviertelstunde wieder auf der Bank saß. Seine Frau Sadako, deren schwarz-rot-goldenes Stirnband noch immer fröhlich durch die Nacht leuchtet, und natürlich Timo und Juliana – Maya und ich haben beschlossen, dass wir es durchaus wagen können, uns mit den beiden auch mal Ligaspiele anzusehen, wenn wir das nächste Mal in Berlin sind.

Unser Weg zurück nach Steglitz führt am Kudamm vorbei. Wir reihen uns nahtlos in die Autokorsos ein und hupen mit den anderen um die Wette. Überall auf den Straßen sind Menschen unterwegs, sie schwenken Deutschlandfahnen, singen, tanzen, trinken Bier und sind ausgelassen und glücklich. Ich hänge mich aus dem Autofenster und versuche, die Stimmung per Video einzufangen.

»Sei vorsichtig, Lara«, ermahnt mich meine Mutter, die am Steuer sitzt und aufpasst, dass kein betrunkener Feiernder auf unserer Kühlerhaube landet.

Im Radio kommt jetzt unser Lieblingslied von den Toten Hosen, und wir singen leidenschaftlich mit: »Das hier ist ewig, ewig für heute, wir stehen nicht still für eine ganze Nacht...«

Es ist bereits früher Morgen, als wir die Wohnungstür aufschließen, und obwohl wir müde sind, können Maya und ich nicht sofort ins Bett gehen. Der WM-Titel hat uns einen noch nie gekannten Adrenalinkick beschert, dazu noch eine Ausschüttung von Glückshormonen, die Körper und Geist Purzelbäume schlagen lässt.

Ich schalte erst jetzt mein Handy wieder ein, und es hört gar nicht mehr auf zu piepsen. Freunde und Kollegen gratulieren mir zum WM-Titel, als hätte ich das exzellente Tor in der Verlängerung höchstpersönlich geschossen.

Einerseits schweben Maya und ich auf Wolke Sieben, aber andererseits sind wir schon jetzt von einer gewissen Melancholie erfüllt. Was soll auf diesen Gefühlszustand folgen? Wir wollen den Moment festhalten, ihn in unser Gedächtnis einbrennen, damit er nie wieder verloren geht.

Die Toten Hosen kommen mir wieder in den Sinn.

»An Tagen wie diesen wünscht man sich Unendlichkeit, an Tagen wie diesen haben wir noch ewig Zeit. In dieser Nacht der Nächte, die uns so viel verspricht, erleben wir das Beste, kein Ende ist in Sicht.«

Ich wünsche mir nicht nur Unendlichkeit, sondern auch eine nicht funktionierende Tränendrüse. Am meisten aber wünsche ich mir, dass Rihanna endlich aufhört, Fotos von sich und diversen Spielern unserer Nationalmannschaft auf Twitter zu posten – und andere Bilder, die nicht jugendfrei sind und mich langfristig traumatisiert haben. Ich verstehe gar nicht, warum sie sich auf einmal so wichtigmachen muss. Und warum alle drauf reinfallen. Wie ein Fähnchen im Wind hat sie erst öffentlich Sympathien für Deutschland, dann für Brasilien bekundet, danach für Holland. Zwischendurch war sie vollkommen vernarrt in Kevin-Prince Boateng. Dann, als sie merkte, dass Deutschland eventuell doch Chancen auf den Weltmeistertitel hat, war sie auf einmal der größte Fan unserer DFB-Elf. Pah! Dass ich nicht lache! Da kann ja jeder kommen!

Zeit für ein Pop Quiz, liebe Rihanna. Wie lautet die Abseitsregel? Was ist ein Hattrick? Seit wann gibt es den vierten Offiziellen? In welchem Verein spielt Miroslav Klose? Welche Stationen in Deutschland hat er während seiner langen Karriere durchlaufen? Fünf, vier, drei, zwei, eins... vorbei!

Ich habe auch Nachrichten von Freunden bekommen, die mir ganz hinterhältig zuerst gratuliert haben, um mich danach sofort um einen Gefallen zu bitten: Kannst du mir noch schnell

ein Trikot kaufen? Eine Fahne? Irgendwas in Schwarz-Rot-Gold? Eine Haarlocke von Mats Hummels?
Und diese Bitten kommen wohlgemerkt von Freunden, die am Anfang der WM anderen Nationen wie England, Spanien und Holland ihre Treue geschworen, und mich, als Deutsche, entweder ausgelacht oder mit einem mitleidigen Seitenblick bedacht haben, wenn ich sagte: »Ich hoffe natürlich, dass Deutschland gewinnt.«
Auf gar keinen Fall, denke ich, ihr Mitläufer könnt euch euer Trikot selber kaufen.
Ich schicke den Artikel ab, den ich schon vorab geschrieben habe, und bin erleichtert, dass ich nicht viel verändern, sondern nur hier und da einen Satz einfügen muss, der sich direkt auf das Spiel bezieht.
»Endlich!«, hat Mikael mir nur geschrieben, während Alice mich bereits mit Fotos von Schweinskis Küsschen auf dem Platz, der Familie Klose, und Jerome Boateng mit seinen Töchtern versorgt hat.
Jo ist der Meinung, dass ich ihm mindestens ein Abendessen schulde, um den WM-Titel zu feiern, und Nigel habe ich nun endgültig auf meine Seite gezogen: Er will wissen, wann die Bundesliga beginnt, und ob ich ihm vorher ein kurzes Briefing geben kann, damit er die wichtigsten Regeln kennt und einen Überblick über die Vereine in der Bundesliga bekommt.
Selbst Iqbal hat sich dazu herabgelassen, mir eine Nachricht zu schicken. »Immerhin können die Franzosen jetzt sagen, dass sie gegen den späteren Weltmeister ausgeschieden sind, das macht das Leben sicher ein wenig einfacher. Und natürlich einen herzlichen Glückwunsch an dich, Lara.«
Neben mir gähnt Maya herzhaft, und somit ist auch dieser lange Tag beendet. Wir trotten ins Badezimmer, ziehen unsere Schlafanzüge an, und kuscheln uns unter unsere Decken.

»Vielleicht träume ich heute Nacht noch einmal von Jerome Boateng«, überlege ich.

»Egal von wem oder was, Hauptsache Fußball«, kichert Maya. »Vom vierten Stern, von der Nacht der Nächte in Rio de Janeiro.«

Und keine Minute später befinden wir uns schon in einem tiefen, traumlosen Schlaf.

Nachspielzeit

Am Morgen nach dem Finale sitzen wir beim Frühstück. Schlaftrunken, aber überglücklich. Ich ärgere mich fast ein bisschen, dass wir nicht noch ein, zwei Tage länger bleiben können, um die Euphoriewelle, auf der ganz Deutschland schwimmt, noch ein wenig zu genießen.

Maya zückt ihr iPad.

»Lasst uns nochmal in Ruhe die Interviews ansehen«, schlägt sie vor. »Das ging ja gestern Abend in den ganzen Feierlichkeiten ein wenig unter.«

Wir sehen die beiden besten Freunde, Podolski und Schweinsteiger, lachend vor der Kamera, gemeinsam mit Christoph Kramer, dem glücklichsten Unglücksraben aller Zeiten; Lukas wiehert wie ein Pferd und stiftet die Menschen in seiner Heimatstadt dazu an »Kölle« auseinanderzunehmen; Christoph, der sich an seinen Einsatz leider nicht mehr erinnern kann, grüßt seine Oma und wünscht ihr alles Gute zum Geburtstag; Bastian bedankt sich bei den Fans und den »Jungs auf der Bank.« Hach, die Welt kann so schön sein!

Mats Hummels wirkt noch richtig benommen, als ob er noch gar nicht richtig begriffen hat, was da gerade passiert ist, während Andre Schürrle wieder ganz feuchte Augen bekommt, als er nach der Entstehung des Tores gefragt wird.

Dann zeigt Maya uns das Interview mit Jogi. Ich habe ihn noch nie so gelassen und gelöst erlebt. Er lacht, wirkt befreit und glücklich.

»Die Spieler sind über die Schmerzgrenze gegangen und haben so viel gegeben wie noch nie, um das zu erreichen, was sie noch nie erreicht haben«, sagt er. »Wir sind jetzt seit fünfundfünfzig Tagen zusammen, aber die Arbeit hat vor zehn Jahren mit Jürgen Klinsmann angefangen. Die Mannschaft war eine verschworene Einheit, die für den Titel gekämpft hat. Jeder hat seine ganze Energie für die Mannschaft eingesetzt.«

Als er auf die Einwechslung von Mario Götze angesprochen wird, antwortet er nur: »Ich hatte das Gefühl, dass Mario heute etwas Entscheidendes machen kann.«

Ich drehe mich sofort zu meiner Schwester um, die – ganz auf einer Wellenlänge mit Jogi – genau das gleiche Gefühl hatte. Auf einmal sehe ich, wie Maya Tränen über die Wange laufen.

»Weinst du?«, frage ich entsetzt.

»Ja.« Sie schämt sich und zieht die Nase hoch. »Du hast gestern schon geheult. Bei mir kommt das eben etwas später.«

Mama und Papa amüsieren sich, dass sie zwei Töchter haben, die so nahe am Wasser gebaut sind. Ich zumindest heule sofort, wenn ich gerührt, emotional oder traurig bin. In Filmen muss noch nicht einmal jemand sterben. In dem Film »William Shakespeare's Romeo und Julia« zum Beispiel habe ich schon geschluchzt, als die beiden Protagonisten sich das erste Mal begegnen, weil es eine so romantische Szene war. Vielleicht lag es auch daran, dass ich schon vorher wusste, dass es für diese beiden kein Happy End geben würde.

Oder bei dem Buch »Palast der Winde«, das ich schon so oft gelesen habe, dass ich ganze Passagen daraus zitieren kann. Der Protagonist Ash entführt eine indische Prinzessin, in die er verliebt ist, und rettet sie so vor dem gemeinen Raja (ich gebe zu, das klingt sehr kitschig, trotzdem stehe ich dazu – dieser Roman ist ein wunderbarer Schmöker). Auf der Flucht jedoch verletzt sich Ashs Pferd, und da keine Zeit ist, Hilfe zu holen, muss Ash das geliebte Tier erschießen. Er bricht daraufhin zusammen, von einem Weinkrampf geschüttelt – genau wie ich, als ich diese Stelle zum ersten Mal gelesen habe (und, ich gebe es zu, auch die unzähligen Male danach).

Der Fußball ist natürlich auch eine wahnsinnig emotionale Angelegenheit, da fließen die Tränen wie von alleine: Wenn sich jemand verletzt und für den Rest der Saison ausfällt, ein Spieler den entscheidenden Elfmeter verschießt oder eben wenn Deutschland nach vierundzwanzig Jahren endlich wieder Weltmeister ist.

Als ich frisch geduscht im Badezimmer stehe, fällt mein Glücksarmband zu Boden. Ich bücke mich, hebe es auf und sehe, dass es gerissen ist. Das wird man nicht wieder reparieren können. Doch das ist vielleicht gar nicht notwendig, denn es hat seine Pflicht getan. Fast zärtlich streiche ich noch einmal über die schwarzen, roten und gelben Kugeln, bevor ich es behutsam nach draußen auf die Terrasse trage.

Dort sitzt Maya und raucht eine Zigarette. Doch bevor ich etwas sagen kann, kommt sie mir zuvor: »Du wirst es nicht glauben – mein Deutschland-Feuerzeug hat soeben seinen Geist aufgegeben!«

»Ich glaube dir aufs Wort«, erwidere ich und halte mein kaputtes Armband in die Höhe.

»Schweigeminute?«, schlägt Maya vor, und wir fangen an zu lachen. Beerdigen wollen wir die beiden Glücksbringer nicht, aber wir werfen sie auch nicht in den Papierkorb, sondern bewahren sie in einer Schublade in unserem Zimmer auf.

Unser Flug geht am späten Nachmittag. Vorher statten Maya und ich der Schloßstraße einen letzten Besuch ab. Ich halte am Kiosk und schnappe mir alle Tageszeitungen, die den WM-Sieg auf ihrer Titelseite festgehalten haben.

Nur bei den Boulevardzeitungen zögere ich.

»Du willst dir doch nicht etwa dieses Schundblatt kaufen?«, fragt Maya entsetzt. Der junge Mann hinter der Theke beobachtet uns belustigt.

»Meine Damen, es gibt keinen Grund, einen auf intellektuell zu machen«, mischt er sich ins Gespräch ein.

Gesagt, getan – mit zehn Tageszeitungen unter dem Arm gehe ich zur Kasse.

»Für die Kinder und Enkelkinder?«, fragt der Verkäufer. Ich nicke und bin etwas enttäuscht, denn scheinbar ist meine Idee gar nicht so kreativ wie ich dachte, sondern jedem anderen Deutschen auch schon eingefallen.

»Darf ich fragen, wo ihr herkommt? Zumindest ein Elternteil von euch ist nicht aus Deutschland, oder?«, fährt er fort.

»Unsere Mutter kommt aus Indonesien«, gebe ich ihm bereitwillig Auskunft, während ich in meinem Portemonnaie nach Geld krame.

»Indonesien? Das ist in Asien, oder? Sind die Leute da auch im Fußballfieber?«

»Ja, das kann man wohl sagen!«

»Aber eine gute Nationalmannschaft haben sie nicht?«

»Nein, leider nicht«, gebe ich zu. »Ich glaube nicht, dass Indonesien sich in naher Zukunft für eine Weltmeisterschaft qualifizieren wird.«

»Und wenn sie es doch tun?«, will er wissen. »Und dann gegen Deutschland spielen? Für welches Team schlägt euer Herz?«

Maya und ich lieben Indonesien. Wir sind besessen von Jakarta, dieser furchtbaren und gleichzeitig wundervollen Stadt, die ich seit mehr als sieben Jahren mein Zuhause nennen darf.

Und trotzdem – die Frage des Kioskverkäufers beantworten wir ohne zu zögern und wie aus einem Munde: »Deutschland.«

Es mag schon sein, dass die Beziehung zu unserem Vaterland in der Vergangenheit gelitten hat. Aber zumindest wenn es um Fußball geht, so viel habe ich inzwischen gelernt und verstanden, sind Maya und ich so deutsch wie Fritzchen Müller.

Es ist Nachmittag, als wir in Singapur ankommen, erschöpft von der langen Reise von Berlin über Frankfurt nach Südostasien, aber trotzdem eilen wir so schnell wie möglich nach Hause, um uns live den Empfang der Nationalmannschaft auf der Berliner Fanmeile ansehen zu können.

Noch während wir im Taxi sitzen, schickt Mama uns SMS aus Deutschland.

»Gerade ist das Flugzeug über die Fanmeile geflogen.«

»Jetzt ist die Maschine gelandet.«

»Sie steigen aus.«

»Ein paar Spieler geben Interviews.«

»Jetzt fahren sie im Bus durch Berlin.«

Maya und ich könnten heulen, weil wir das alles verpassen. Kaum haben wir unsere Koffer in Mayas Wohnung gehievt – vierter Stock, ohne Fahrstuhl –, wirft meine Schwester ihren Laptop an und öffnet die Seite des DFB. Hier gibt es eine Live-Übertragung, allerdings begleitet das DFB-TV-Team die Mannschaft leider nicht bei ihrer Tour durch die Straßen Berlins, sondern wartet lediglich am Brandenburger Tor darauf, dass sie endlich eintreffen. Wir finden das ein wenig enttäuschend, aber gut, dann müssen wir uns noch gedulden und in der Zwischenzeit mit Mamas Updates vorlieb nehmen.

Und wieder einmal bin ich dankbar für soziale Netzwerke. Lukas Podolski beispielsweise lädt alle fünf Minuten ein neues Foto auf Facebook, Twitter und Instagram hoch. Poldi und der Pokal, Poldi und Schweini, Poldi und die Berliner Menschenmenge im Hintergrund – immer wieder Poldi und sein ausgelassenes, spitzbübisches Grinsen, das ihm hoffentlich für immer erhalten bleiben wird.

Als der Bus endlich am Brandenburger Tor vorfährt, und sich die Spieler und der gesamte Trainerstab mitsamt allen Betreuern zum großen Auftritt bereit machen, freuen Maya und ich uns so sehr über das Wiedersehen, als hätten wir seit Monaten nichts mehr von der Nationalmannschaft gehört.

Schon 2006 und 2008 wurden die Spieler auf einem eigens errichteten Laufsteg hier gefeiert, doch noch nie war das Team als Weltmeister zurückgekehrt.

2006, als ich noch in Berlin lebte, wollte ich mir die Feierlichkeiten nicht entgehen lassen. Aber ich war zu spät dran, das Gelände war bereits abgesperrt, als ich gemeinsam mit einer Freundin das Brandenburger Tor erreichte. Wir mussten zurück nach Hause, um das Geschehen im Fernsehen zu verfolgen.

Das Gleiche tun Maya und ich auch heute. Allerdings vom anderen Ende der Welt aus, was uns immer noch ein wenig zusetzt.

Zuerst lassen sich die Trainer feiern, und dann treten die Spieler auf den Laufsteg, in der Zusammensetzung, in der sie in ihren WGs im Campo Bahia zusammengelebt haben.

Es folgen die obligatorischen Gesangseinlagen, doch kein Lied verbindet uns enger mit dieser WM als »Tage wie diese.« Als es zum Abschluss erklingt, gibt Maya mir einen Hieb in die Seite.

»Fang jetzt bloß nicht an zu heulen!«

Doch an ihrer Stimme höre ich, dass auch sie kurz davor ist, mal wieder ein paar Tränen zu vergießen.

Unsere Jungs – sie stehen dort, Arm in Arm, wiegen sich im Takt der Musik, singen mit, machen Selfies und können wohl selber noch nicht begreifen, was sie vor zwei Tagen erreicht haben. Sie sind schier überwältigt vom einzigartigen Empfang ihrer Fans.

Aber auch diese Feier geht vorüber, und die WM-Teilnehmer fahren wieder zurück zum Flughafen, um von dort die Heimreise anzutreten oder direkt in den Urlaub zu fahren.

»Aber Jerome bleibt doch sicher in Berlin, oder?«, mutmaße ich.

»Da gehe ich mal von aus, zumindest für ein paar Tage«, erwidert Maya.

»Hoffentlich hat er jemanden, der ihn vom Brandenburger Tor abholt«, sage ich und wir kichern – der Jetlag ist wieder da und versetzt uns in einen leicht hysterischen Zustand.

Wir fahren noch schnell in einen nahegelegenen Supermarkt, um uns für die nächsten Tage einzudecken.

Als wir auf den Bus warten, und es langsam dunkel wird, fühlen wir uns wie im falschen Film.

»Kommt es dir nicht auch vollkommen surreal vor, dass wir gestern noch in Deutschland waren?«, frage ich meine Schwester. »Kein Mensch hier scheint sich dafür zu interessieren, dass wir Weltmeister geworden sind.«

Maya nickt düster.

»Vielleicht verlangen wir auch zu viel von den Singapurern. Sie müssen ja keinen Hofknicks vor uns machen, nur weil wir die WM gewonnen haben«, räumt sie ein. »Aber ich fühle mich auch gerade ganz schön alleine und ewig weit weg von Deutschland.«

Während Maya tagsüber im Büro ist, bleibe ich zuhause und verbringe die meiste Zeit auf ihrem Sofa. Ich habe keine Lust, die Wohnung zu verlassen. Ich kann mich noch nicht einmal dazu überwinden zu duschen. Stattdessen liege ich mit Schokolade, Chips und anderen Süßigkeiten auf der Couch, schaue mir noch einmal alle Zusammenfassungen der deutschen WM-Spiele, Interviews und Reportagen an, lese Berichte über die Nationalmannschaft, versuche herauszufinden, wie es den Jungs gerade im Urlaub ergeht, und tue mir selbst ziemlich leid.

Was soll ich nun bloß anfangen?

Es ist so, als würde ich ein gebrochenes Herz auskurieren. Meine große Liebe hat mich verlassen, und ich fühle mich einsam und will nichts und niemanden sehen, sondern alte Briefe und Fotos hervorkramen, in Erinnerungen schwelgen, die schönsten Momente noch einmal durchleben und dann bittere Tränen vergießen, weil ich genau weiß, dass nichts mehr so sein wird, wie es einmal war.

Ich werfe mir selbst nichts vor: Ich habe alles gegeben, habe jeden Augenblick dieser Sommerromanze ganz bewusst erlebt und genossen und das Bestmögliche daraus gemacht. Das, was mir eigentlich zusetzt, ist die Tatsache, dass ich dieses einzigartige Gefühl vielleicht in dieser Form nie wieder erleben werde, und der Gedanke daran tut mir jetzt schon weh.

Irgendwann, in ein paar Wochen, vielleicht auch Monaten, wird die Erinnerung an diese Zeit langsam verblassen, und ich werde mit Sehnsucht und Melancholie darauf zurückblicken, mit einem verträumten Lächeln im Gesicht. Maya und ich werden bei einem Kaffee darüber sprechen, wie schön dieser Sommer in Berlin war und uns daran erinnern, wie Per Mertesacker drei Tage lang in der Eistonne lag, wie Mehmet Scholl die neue Krankheit Gänsehautentzündung entdeckte, und wie Bastian Schweinsteiger in Tränen ausbrach, als er realisierte, dass er es geschafft hatte: Weltmeister!

Vielleicht werden wir irgendwann unseren Kindern erklären müssen, wer eigentlich dieser Mario Götze war, der damals das entscheidende Tor im Finale geschossen hat, und wie Manuel Neuer die Rolle des modernen Keepers neu definierte.

Irgendwann wird es so sein, und dann wird es nicht mehr so wehtun, aber diesen Punkt habe ich noch lange nicht erreicht.

Die Bundesliga startet erst in einigen Wochen in die neue Saison, doch selbst die Aussicht darauf kann mich nicht aufheitern. Toni Kroos geht nach Real Madrid – finde ich gar nicht gut! Auch Mario Madzukic wird die Bayern verlassen – finde ich genauso blöd!

Aber vor allem habe ich so gar keine Lust auf Mickerigkeiten zwischen Bayern München, Borussia Dortmund und den anderen Vereinen. Das hässliche Gezeter, die spitzen Kommentare von den Vereinsleitungen, grobe Fouls auf dem Platz. Ich wünsche mir, dass die Freundschaften, die in Brasilien im Campo Bahia entstanden sind, wachsen und gedeihen, selbst wenn man sich in der Liga wieder als Gegner gegenübersteht. Klingt ein bisschen nach Friede, Freude, Eierkuchen und Kindergeburtstag, ich weiß, aber was ist daran falsch? Darf ich nicht ein wenig weiterträumen?

Werden Bastian und Kevin gemeinsam Döner essen gehen, nachdem Bayern gegen Dortmund angetreten ist? Werden Mats und Benedikt regelmäßig telefonieren, nur um mal zu fragen, wie es dem anderen so geht, obwohl sich Dortmund und Schalke spinnefeid sind?

Ich habe Angst, dass dies der Höhepunkt in meinem Dasein als Fußballfan gewesen ist. Vielleicht gewinnt die DFB-Auswahl noch den einen oder anderen Titel solange ich lebe, aber ich befürchte, dass es sich anders anfühlen wird, wenn Spieler wie Klose, Lahm, Mertesacker, Schweinsteiger, Podolski und später auch Khedira, Özil und Neuer nicht mehr Teil der Mannschaft sind. Oder was passiert, wenn Löw irgendwann keine Lust mehr hat? Natürlich werden jüngere Spieler nachrücken und ihren Platz im Team einnehmen, und ein neuer Bundestrainer wird sich, wenn es soweit ist, auch finden lassen. Doch wird es jemand sein, den ich schätze, den ich mag und respektiere? Werden die Nachwuchsspieler mich ebenso zum Lachen bringen wie Lukas Podolski und Thomas Müller? Wird es jemanden geben, dem ich mich emotional so verbunden fühle wie Bastian Schweinsteiger und Jerome Boateng? Ich kenne die Antwort auf diese Fragen bereits, und obwohl es schmerzvoll ist, muss ich mir eingestehen, dass von nun an alles anders wird.

Trotzdem – das Brasilienmärchen, der erfüllte Traum von Rio de Janeiro, das Sommerwunder 2014. Wir werden es niemals vergessen, werden immer wieder davon erzählen und dabei vielleicht einen Funken der Euphorie, die wir in diesen Tagen verspürt haben, aufleben lassen.

Und auch wenn sich die Zeiten ändern und neue Gesichter im Fußball die nachkommenden Generationen begeistern werden, bleibt für mich die Erkenntnis, dass ich jetzt, im Sommer 2014, nach langen, von Zweifel, Unmut und Misstrauen geprägten Jahren endlich wieder richtig in Deutschland angekommen bin. Auf diese Weise habe ich ein klein wenig Seelenfrieden wiedergefunden.

Meine faulen Tage in Singapur vergehen wie im Flug, und an einem sonnigen Sonntagnachmittag trete ich das letzte Stück der langen Heimreise nach Indonesien an. Ich freue mich auf meinen Hund und darauf, meine Kollegen und Verwandten wiederzusehen, doch trotzdem ist es dieses Mal eine andere Vorfreude. Sie ist gepaart mit ein wenig Trübsal und Schwermut.

Auf dem Weg zum Flughafen schweigen Maya und ich, erinnern uns an die letzten Wochen, die uns so viel Freude bereitet haben, und sind dankbar, dass wir sie zusammen erleben durften.

Ich habe mich so sehr daran gewöhnt, Maya jeden Tag um mich zu haben, dass es komisch sein wird, meinen Alltag in Jakarta wieder aufzunehmen, so ganz ohne meine große Schwester.

Ich checke ein, wir rauchen eine Zigarette, dann bringt Maya mich zur Passkontrolle.

»Wer weiß«, sage ich zu ihr. »Vielleicht finden wir ja beide einen guten Job in Deutschland und gehen wieder zurück. Gemeinsam.«

Sie lächelt nachdenklich.

»Ich könnte mich durchaus damit anfreunden, wieder mit dir in der gleichen Stadt zu leben«, antwortet sie schließlich. »Aber nur, wenn es Berlin ist.«

»Nur, wenn es Berlin ist«, bestätige ich. »Und in einem Haus mit Garten natürlich!«

Wir umarmen uns, und ich muss auf einmal gegen aufsteigende Tränen ankämpfen und komme mir selbst ganz lächerlich dabei vor. Diese Szene hat es schon hundertfach gegeben. Der Abschied am Flughafen, das Winken durch die Glasscheiben. Und trotzdem ist es dieses Mal anders, weil der beste Sommer unseres Lebens hiermit ein Ende nimmt.

Ich löse mich von ihr und gehe durch die Sicherheitskontrolle.

»Hey Lara«, ruft Maya plötzlich, und ich drehe mich zu ihr um. »Wir haben es geschafft! Wie wir es geplant haben! Deutschland ist Weltmeister geworden, weil wir alle Spiele zusammen gesehen haben.«

Wir lachen. Natürlich wissen wir, dass das reiner Blödsinn ist, und die Nationalmannschaft bestimmt nicht durch unsere Fußballrituale und seelischen Beistand den Titel gewonnen hat. Aber wer weiß das schon? Vielleicht hat es ja doch geholfen.

In Jakarta angekommen, gebe ich einem freundlichen Beamten an der Passkontrolle meine Unterlagen. Er wirft einen Blick auf mein Visum, mustert mich kurz und fragt dann: »Wo kommen Sie her?«

»Aus Deutschland«, antworte ich.

»Oh«, erwidert er strahlend. »Aus dem Land der Weltmeister!«

»Genau!«, bestätige ich mit Nachdruck und einem breiten, stolzen Lächeln, bevor ich es noch einmal für mich selbst wiederhole.

»Ich bin Deutsche, und wir sind alle Weltmeister.«